걱정 말고 다녀와

— 켄 로치에게

걱정 말고 다녀와 ─

켄 로치에게

김현 짓고 이부록 그리다

일러두기

• 이 책은 존 힐이 쓰고 이후경이 옮긴 《켄 로치》(컬처룩, 2014)를 참조했습니다.

들어서며

놀고먹을 수는 없을까?

쓰기 전부터 복잡해지는 글이 있다. 쓰기도 전에 욕심이 생겨서다. 그런 글은 아무래도 잘 써지지 않는다. 앞으로 쭉쭉 나아가지 못한다. 손이 마음을 따라가지 못하는 탓이다. 글쟁이로서 글빨이 속뜻을 따라가지 않을 때만큼이나 곤혹스러운 순간은 없다. 만약 그랬다면, 뜻한 바대로 당장 글이 써진다면, 얼마나 쉽고 재밌는 글이 나오겠는가. 아무래도 시원찮은 생각이나 자꾸 하게 된다.

정말 써야겠다는 생각으로 집을 나섰다. 한낮이었다. 한낮에는 좀처럼 글이 써지질 않는다. 한낮의 침대는 더 크고 폭신해 보이고, 한낮에는 놓쳐서는 안 될 것 같은 영화가 꼭 기억나며, 한낮에는 자꾸 입이 단다. 출퇴근을 일삼는 생활 속에서 어쩌다 찾아오는 한낮의 여유는 역시 놀기 위한 것! 그렇지만 그런 혼돈 속에서도 "오늘은 꼭"이라고 마감을 약속한 편집자에게 문자메시지를 보냈다.

기다려, 내 몸을 둘러싼 안개 헤치고 투명한 모습으로 네 앞에 설 때까지.

101번 버스, 노약자석.

한 청년의 얼굴을 보았다. 잠든 얼굴이 저렇게 고단해 보인다는 건 필시 그에게 어젯밤 그도 감당할 수 없는 무거운 짐이 지어졌다는 것. 두 손으로 휴대전화를 꼭 쥐고 잠이 든 붉은 머리 청년의 긴 외투 아래로 밀가루 반죽이 잔뜩 엉겨 붙어 있었다. 청년에게 무슨 일이 있었을까 생각하기 전에 청년은 무슨 일을 했을까 생각했다.

나는 그가 노동하는 청년임을 의심하지 않았다. 하룻밤 놀고먹은 얼굴에서는 저런 낯빛이 나올 수 없다. 놀고먹어서 피곤한 얼굴과 먹고살기 위해 고단한 얼굴은 분명 다르다. 나의 낯빛은 그 둘 사이를 오가고 있을 것이다. 채도가 잠시 떨어진 얼굴과 명도가 달라져버린 얼굴을 구분할 수 있다는 것. 나는 그것이 노동하며 늙어가는 자의 지혜라고 생각한다.

애쓰십니다.

잠든 청년을 한동안 응시했다. 그것밖에 할 수 없었다. 할 수만 있다면 저이의 휴대전화로 도라지배즙 같은 온라인 선물을 보내주고 싶었다. 깜짝 놀라라고. 어떤 삶은 '서프라이즈!'로 순간 밝아진다.

청년에게도 욕심이란 것이 있을 것이다. 대체론 돈에 대한 욕심이겠지. 나도 그런 욕심을 가지고 있다. 돼지들이 바글거리는 꿈을 꾸고 처음 로또를 샀을 때의 일이다. 당첨 번호와 로또 번호가 세 개까지 줄줄 맞자 손이 다 떨렸다.

아, 되고 있어, 인생은 한 방!

결과는 5만 원 당첨.

그 후로 나는 번호 다섯 개가 나타나는 꿈을 자주 꿨다(한동안은 정말, 자주였다). 종종 로또를 샀다. 알아버렸다. 나의 속물근성. 속물이라서 담배 한 갑 값으로 일주일이 설렐 수 있다면 하는 떳떳한 심정으로 5,000원어치의 로또를 샀다. 사는 중이다. 그만 사야 할까. 계속 사고 싶다.

청년의 돈 욕심을 응원하고 싶어졌다. 나의 돈 욕심을 응원하고 싶었던 것일는지도 모른다. 그러나 그 욕심을 지지할 수는 없겠다는 생각. 글 욕심처럼 돈 욕심도 벌기 전부터 복잡한 마음이 되어버린다. 벌기도 전에 써야겠다는 마음이 생기기도 하고, 아무리 몸을 써도 그만큼 돈이 들어오지 않기도 하니까. 그래서 우리는, 적어도 나는 자꾸 돈 앞에서 곤혹스러워진다. 돈 앞에서 곤혹스러워지는 순간이라면 쓸 게 무궁무진하다. 돈이 많거나 적거나 상관없이 누구나 그렇겠지만 적어서 곤혹스러운 경우가 훨씬 더 쉽고 재밌을 것이다.

그때까지 한 번도 잠에서 깨지 않은 청년을 남겨두고 버스에서 내렸다. 뒤돌아보지 않고 걸었다. 사람을 보았다. 잠든 사람의 얼굴을 지그시 바라보았다면 다시금 바라보게 될 것도 사람의 얼굴이다. 우리는 그렇게 확인하고 싶어지는 것이다. 이 사람과 저 사람은 어떻게 살고 있는가를. 어떻게 서로 다른 얼굴인가를.

횡단보도에서 불쑥 마음가짐이라는 말이 떠올랐다. 마음가짐을 달리해야겠다는 생각. 써야겠다가 아니라 쓰고 싶다는 마음이 먹어 졌다. 배가 무척 고팠다. 배고플 때 글은 쓰이고 그럴 때 쓰는 글이야 말로 단순하다.

이 책에서 읽게 될 글들은 그러니까 그런 단순한 마음으로 쓴 것들이다. 배고픈 마음가짐으로 쓴 글. 잠든 청년이 꾸는 꿈에 대해 서 그땐 미처 생각하지 못했지만, 지금은 생각해볼 수도 있다고 믿으 면서. 그러니까 우리에게는 다른 가능성이 있다고 믿으면서. 그리고 켄 로치와 그의 친구들이 보내온 마음가짐을 생각하면서.

한 편의 영화로 우리가 서로 이어질 수 있음을 발견하게 되는 건 언제나 놀랍습니다.

영국 정부는 가난하고 힘없는 사람들을 희생시키며 힘있고 부유 한 사람들의 이익을 대변하고 있지요.

우리는 많은 나라에서 같은 현실을 맞닥뜨리고 있는 사람들을 알 고 있습니다. 조금씩 다를지라도 근본적으로 같은 이야기들이지요.

당신도 같은 생각을 하고 있지 않나요?

우리의 영화를 봐주어서 감사합니다. 당신들에게 희망과 연대의 마음을 보냅니다.

켄 로치, 폴 래버티, 레베카 오브라이언으로부터

켄 로치는 말했다.

내용이 스타일을 결정해야 한다. 카메라와 스타일은 기록하는 대상과 사태보다 중요해져서는 안 된다.

이 책은 켄 로치의 영화로부터 시작됐으나 그보다는 그의 말을 신뢰하는 글들로 채워졌다. 쓰기 전에는 복잡했으나 쓰면서는 단순하길 바랐다. 사람과 사람이 겪는 일이 중요했다. 왜 아니겠는가. 우리는, 적어도 나는 매일 놀고먹을 수는 없을까를 꿈꾸며 노동하는 사람이다.

방금, 한 명은 육아휴직, 다른 한 명은 실업급여 대상자인 부부로부터 문자메시지를 받았다.

집으로 와, 연포탕과 낙지 데침 준비.

서프라이즈!

차례

조영희라고 합니다

레이디버드 레이디버드

엄마가 술에 취해 내게 전화하지 않으면 좋겠다. 지금도 싫고, 옛날에도 싫었으며, 앞으로도 싫다. 다 큰 자식이 이런 소리나 하고 있다는 걸 알면 엄마도 당장 기가 찰 노릇이라고 혀를 차겠지만, 그런 전화는 언제까지고 사양이다.

내가 어릴 때니 엄마도 젊을 때다. 그때 나는 만취한 엄마가 거실에 누워 잠든 모습을 자주 목격하곤 했다. 술에 취한 사람의 몰골이 마땅히 그러해야 한다는 걸 몰랐기에 술에 취해 잠든 엄마의 모습은 끔찍했다. 어린 나는 엄마에게도 무슨 사정이 있겠지 생각할 수 없었고, 엄마의 내부에서도 무너지고 있는 게 있을 거라고 마음 쓸 수 없었다. 지금으로부터 20여 년 전 일이니, 엄마의 나이가 지금의 내 나이보다 고작 몇 살 더 많을 때다. 그러니 짐작컨대 엄마에게도 견딜 수 없는 기분과 나락으로 떨어진 것 같은 감정이 때때로 찾아왔을 것이다. 꼬박꼬박 월급을 가져다주는 건실한 남편과 크게 속 썩이지 않는 아들딸을 두고도 그럴 수 있다. 그런 걸 이제 나는 안다.

어쩌면 엄마는 그 안전한 일상으로부터 도피하고 싶었는지도 모른다. 지금의 엄마가 여느 남자들 부럽지 않게 강단 있고 자립적인 사람인걸 보면 분명 그랬을 거다. 지금 아는 걸 그때도 알았더라면. 그땐 남편도 자식도 아내와 엄마를 돌이켜보지 못했다. 그래서 시내 어디선가 만취한 엄마를 부축하고 집으로 돌아오는 길에 나는 부끄러운 얼굴이 되어서 엄마 따위, 엄마 따위, 엄마 따위를 되뇌었고, 퇴근하고 집으로 돌아온 아버지가 만취한 엄마 때문에 괜스레 나나 누나에게 화를 내면 방으로 들어가 방문을 잠그고 이불을 뒤집어썼다.

분이 풀리지 않는 날에는 술에 취해 잠든 엄마를 거실에 그대로 두고 엄마의 외투 호주머니에서 만 원짜리 몇 장을 꺼내 쓰곤 했다. 그런 돈은 정말 아무것도 아니어서 음반 가게에 가서 손에 잡히는 대로 카세트테이프를 사고, 친구들에게 분식을 쏘고, 서점에 들러 〈로드쇼〉〈스크린〉〈키노〉 같은 잡지들을 샀다. 별책부록으로 주는 영화 포스터를 방문에 붙여 두고는 두고두고 곱씹었다. 나는 엄마 돈을 훔쳤다.

죄책감 같은 걸 느끼지는 않았다. 죄책감 같은 건, 다음날 엄마가 자신의 호주머니에서 몇 만 원이 사라진 지도 모를 때, 찾아왔다. 창피했다. 창피한 걸 알면서도 엄마가 술에 취할 때마다 엄마의 외투에 손이 갔고, 손이 가기 위해 엄마가 술에 취했으면 싶은 날도 더러 있었다. 돈은 그때나 지금이나 무섭다.

그런 엄마였다, 젊은 엄마는. 그런 젊은 엄마였지만, 단언컨대 엄마는 평생 큰 욕심 없이, 남 해코지 하지 않고 착실하게 살아온 사람이다. 나는 엄마처럼 살고 싶지 않지만, 엄마의 삶을 존경한다. 엄마도 기꺼이 삶을 일으켜 세우기 위해 최선을 다했을 것이다. 나는 엄마의 삶을 이해하려고, 배웠다. 배운 사람은 그런 걸 이해하려는 사람이다. 내가 아니라 다른 사람의 삶을.

엄마는 배운 사람이 아니다. 엄마는 자식에게도 삶이 있음을 잘 알지 못한다. 엄마가 아는 삶이란 결국에 부모가 되고 자식을 놓는 삶이다. 엄마는 그런 사람이라서 엄마에게 나는 불효자식이고, 나에게 엄마는 종종 싫은 엄마다. 엄마는 늘상 말한다. 며칠 전 술에 취해 전화해서도 말했다.

배웠다는 게 엄마 아빠한테 전화도 안 하냐?

나, 헛배웠다.

배웠다는 게 노년이 된 엄마의 삶이 어떠할지 생각하기는커녕 술에 취한 엄마 목소리가 무조건 싫다. 창피하다. 지금은 엄마에게 명절 때마다 용돈을 주지만. 어떤 창피함은 이렇게 오래 지속되기도 한다. 그러나 지금 다시 그때로 돌아가도 나는 엄마의 호주머니에 손을 댔을 것이다. 그렇게 나는, 컸다.

엄마는 오래전부터 자신의 인생이 실패했다고 생각하는 것 같다. 왜 아니겠는가. 부모의 삶을 생각하지 않는 다 큰 자식이 낼모레면 마흔. 결혼도 않고, 자식도 없고, 번듯한 집도, 근사한 차도 없으니. 허나 엄마에게 말해주고 싶다. 단 한 번도 직접 말한 적이 없지만.

엄마의 삶은 실패하지 않았어요. 그리고 제 삶도요.

어느 해 명절인가 술에 살짝 취해서는 맨정신인 엄마 품에 안겨 주사를 부린 적이 있었다. 나름 귀여운 자식이었겠지. 그때 엄마의 웃는 얼굴이 쉬이 잊히지 않는다. 엄마는 지금도 옛날에도 앞으로도 분명히 그런 삶만이 장밋빛 인생이라고 생각할 것이다.

한 가지 다행인 건 이제 엄마는 술을 자주 마시지 않고, 나는 평생 부모가 되지 못할 거라는 사실.

언젠가 술에 취한 엄마가 전축을 틀어놓고 거실에 앉아 〈가을을 남기고 간 사랑〉을 따라 부르던 모습을 본 적이 있다.

나는 이제 술에 취한 사람의 몰골이 끔찍하지 않고, 술에 취하면 패티 김의 노래를 부를 줄도 안다.

아 그대 곁에 잠들고 싶어라

날개를 접은 철새처럼

눈물로 쓰여진 그 편지는

눈물로 다시 지우렵니다

내 가슴에 봄은 멀리 있지만

내 사랑 꽃이 되고 싶어라

 〈레이디버드 레이디버드〉는 켄 로치가 1994년에 만든 영화다. 여주인공 '매기'
가 가라오케에서 배트 미들러의 〈로즈〉를 열창하는 모습으로 시작한다. 그때,
켄 로치는 관객에게 주문하는 것이다. 저 얼굴을 잘 기억해두세요. 그리고 영화
는 곧 특별히 선하지도, 악하지도 않은 시민이자, 가난한 노동자이며, 국가가 시
행하는 복지정책의 허점 때문에 두 번이나 아이들을 빼앗기게 되는 미혼모로
서, 사랑 받고 사랑을 주고자 하는 매기의 삶을 보여준다.

"그러나 기억하세요. 매서운 겨울날, 차가운 눈 더미 속에도 봄이 되면 태양의
사랑으로 한 송이 장미로 피어날 씨앗이 있다는 것을."

그다음에… 라는 말

영화잡지 〈키노〉

송고했다. 이번에도 마감을 제때 맞췄다. 나는 웬만하면 출판사 편집부 쪽에서 정해준 마감 날짜를 어기려고 하지 않는다. 많은 작가가 마감 날짜를 지킨다. 많은 작가는 마감 날짜를 지키지 않는다. 그러나 '부러' 마감을 당기거나, 미루려는 작가는 없다. 분명한 사실이다. 봐라. 내 친구 강성은 씨는 농담 반 진담 반, 마감 날 마감을 시작한다고 한다. 왜냐하면 강성은 씨는 동시에 두 가지 일을 못하는 사람이거니와 또한 잠이 많은 사람이기 때문이다. 이런 핸디캡을 가지고도 강성은 씨는 아직 시를 쓰며 살고 있다. 강성은 씨 응원합니다. 여러 이유에서 마감 날짜를 지키지 못해 잠시, 부끄러워지는 작가들을 응원합니다. 무엇보다 이런 가운데 고군분투하는 편집자님들을 응원합니다.

대학을 졸업하고 출판편집자로 일하며 먹고살았다. 첫 번째 출판사는 대학 선배들이 창업한 곳이었다. 학교 다닐 땐 본받을 게 있던 선배들이었지만 그들도 사회초년생들이었다. 둘은 최선을 다했지만 성공하지 못했다. 청춘도 어려웠다.

임금을 제대로 받은 기억이 없다. 기억나는 건 파주 언저리에서 숙식하며 지내던 출판사 컨테이너 건물의 더위와 추위이고, 저녁이면 인근 공터에서 배드민턴을 치던 일과 이주노동자들이 그 공터 평상에 모여앉아 술을 마시며 노래를 부르던 모습과 그들 가운데 가끔 눈인사를 나눴던 이들이 기습적으로 사라진 일이다.

그 출판사는 문을 연 지 1년 만에 망했다. 나는 밀린 임금 대신 중고 사진기 한 대를 받고 파주를 떠나왔다. 잠시 고향으로 내려가 생애 처음 실업급여를 받으며 살았다. 살다보면 죄는 아닌데 창피한 일이 있다. 20대의 실직도 그런 것 가운데 한 가지였다.

통장으로 실업급여가 들어오자 어쩐지 씁쓸한 마음이 되어 혼자 밤 기차를 탔다. 묵호행이었다. 그곳에서 누군지 알 수 없으나 우연히 만나고 싶은 사람이 있었다. 타지에서 만나 반가운 마음이 되어 호감을 쌓고 그 사람과 하룻밤을 보내고 싶었다. 살다보면 일어날 일도 아닌데 일어날 것 같다고 믿게 되는 일이 있다. 그러나 역시 일어나지 않을 일은 일어나지 않은 일.

새벽녘 묵호에 도착해 아름다운 것과는 거리가 먼, 칼바람이 부는 묵호항에 잠시 머물다가 금세 춥고 배고프고 거지 같은 기분이 들어서 근처 식당에 들어갔다. 부두의 노동자들이 밥을 먹는 '함바

집'이었다. 그들 사이에 껴서 연탄난로 위에 놓인 들통에서 퍼주는 콩나물국에 밥을 말아먹었다. 일부러 소주도 시켜 마셨다. 죄진 것도 아닌데 창피했다. 20대의 청승이란 그런 것. 어쩐지 평온한 마음이 되어 근처 찜질방에 들어가 잠을 자고 집으로 돌아왔다. 서둘러 고향을 떠났다.

아프니까 청춘이었다. 개뿔. 순진했다. 그땐 그런 걸 믿었다. 그래야 그 다음을 생각할 수 있었다.

다음으로 취직한 출판사는 자비 출판 단행본을 만드는 곳이었다. 사장과 실장은 가족 같은 분위기의 회사를 원했고, 근로계약서를 작성하지 않았고, 임금에서 퇴직금 명목으로 얼마간의 돈을 떼었고, 임금 협상을 할 때마다 곧 회사가 망할 것처럼 말해서 직원을 돌려보냈고, 도난을 방지한다며 사무실에 CCTV를 설치하고 직원들의 근태에 관해 관찰한 바를 이야기했으며, 별일도 아닌 일로 일요일에 직원들을 소집했고, 그 소집에 응하지 못했던 이는 한 주 내내 미운털이 박혀 전전긍긍해야 했다. 나는 일하다 말고 근로기준법이니 퇴직금 내용증명이니 하는 것들을 찾아보았다. 그런 와중에 일이 벌어졌다.

실장이 편집회의를 하던 중에 예의에 관한 훈계를 시작했고 급기야 "너희들은 부모도 모르는 후레자식들"이라는 말을 내뱉었다. 나는 '또 시작이네' 하고 속으로 욕하며 딴생각을 하고 있었는데, 디자인부장이 "실장님 저는 그런 말을 들으며 회사에 다닐 수 없습니다"라며 자리를 박차고 일어났다. 실장이 당황하는 틈에 부장을 따라 같은 팀원들이 일어섰고, 그게 정확히 뭔지는 모르겠는데 가슴 한쪽이 뜨거워져서 나 역시 자리에서 일어났고, 그러자 동료 편집자들도 일어났다. 그렇게 실장을 홀로 남겨두고 편집부와 디자인부 전원이 각자 자리로 돌아와 사직서를 썼다. 사직서를 쓰다가 갑자기 정신이 든 나와 동료들은 이게 무슨 일이지 싶은 표정으로 디자인부장의 얼굴을 힐끔힐끔 보았다. 그가 '이번만큼은'이라는 결연한 얼굴이었기에 우리도 역시 그 얼굴을 닮을 필요가 있다고 생각하며 사직 사유에 폭언이니 인격모독이니 부당한 행위니 하는 말들을 또박또박 적었다. 그런 결연함 속에서도 우리는 노동자들답게 다 같이 낮술을 마시자고 합의를 보았고, 평일 낮술이 얼마 만이냐며 들떠서 주종과 안주를 고민했다.

그러나 낮술 실패. 사장이 직원 한 사람 한 사람을 사장실로 불러 사과했고 재발 방지를 약속했다. 우리 모두의 사직서는 각자의 서랍 속으로 들어갔고, 오후 업무가 시작됐다. 저녁에 한잔했다. 다들 건배하고 싶은 눈빛이었으니까.

그날 이후 실장의 꼰대질을 좀처럼 경험할 수 없었고—회식할 때마다 그는 그때 그 일이 너무 서운했다고 앓는 소리를 해댔다. 자신은 우리가 정말 자기 아들딸 같다고 했다—사측은 비상소집이니 퇴직금 정산이니 임금 협상이니 하는 것들에 관한 직원들의 요구에 조금씩 응하기 시작했다. 한동안은 회식자리에서 "이제 직원들 무서운 걸 알았나 봐"라는 말이 우리의 연대기를 여는 말이 되었고, 그런데도 본질적으로 달라지지 않는 것과 달라져야 하는 것들이 이야기되곤 했다.

나는 그 일이 있고 난 뒤에도 1년쯤 더 일했고, 그때 그 디자인 부장은 여전히 그곳에서 일한다.

그다음….

모 출판사의 문학 편집자인 모모 씨는 2014년 사무실에 CCTV를 설치하려는 당시 대표에게 문제를 제기했다가 권고사직 요구를 받았다. 사측은 모모 씨가 권고사직을 거부하자 그를 경기도 파주의 물류창고로 전보했다. 이를 부당 전보라 여긴 모모 씨는 회사의 부당 인사, 근로계약서 미작성 등 불법 사례들을 모아 외부에 폭로했다. 서울지방노동위원회는 이 발령이 부당하다는 판결을 내렸다. 출판사는 모모 씨가 편집자로 복귀한 뒤에도 편집 일을 맡기지 않았으며 그에게 거액의 손해배상을 청구했고, 언론노조 서울경기지역 출판지부가 출판사와 모모 씨 관련 교섭을 벌였으나 사측의 불성실한 대응으로 결렬되는 와중에 모모 씨를 '쓰레기장 같은 사무실'로 발령냈다.

모모 씨에 관한 소식을 처음 접했을 때 내가 그의 일을 전혀 남 일처럼 생각하지 않은 건 그가 처한 현실이 내가 처했던 그때 그곳의 현실과 다르지 않아서였고, 그가 변화시키려는 현실이 비단 그 출판사, 그 장소만의 일이 아니라는 생각에서였다. 나는 단순하고 확고하게 노동 탄압에 맞선 모모 씨의 투쟁을 지지했다. 그게 언젠가 어디선가 피해자가 될 지도 모를 나를 응원하는 일이며 부당한 것들에 맞서 싸우는 중인 이들과 미약하게나마 연대하는 일이라고 믿었기 때문이다.

이후 모모 씨에 대한 소식은 띄엄띄엄 들었다. 사측이 사과했고 모모 씨는 문학 편집부로 복귀했다는 소식. 그가 아직도 모 출판사에서 일하고 있는지는 모른다. 그러나 나는 모모 씨가 여전히 책을 만드는 곳에서 일하는 사람이길 바란다. 모모 편집자님도 이런 메일을 보낼 수 있기를.

강성은 시인께
선생님, 시국이 시국인지라 많이 바쁘시지요?
마감 기한이 조금, 지나긴 했으나 기다리고 있겠습니다.
기다린 만큼 좋은 원고! 기대할게요.

그다음에… 라는 마음만이 노동의 역사를 완결한다.

최근 5개월 간 다녔던 모 출판사에서는 경영 안정이라는 이름 하에 직원들을 부당 해고하려고 했다. 뭐, 거기까진 일반적이라서 심심하다. 문제는 사측이 그 정리의 칼을 직원들 스스로에게 쥐게 했다는 것. 사측은 직원들끼리 의논하여 그만둘 사람을 정하라고 알려왔다.

당시 우리는 얼마나 다감한 동료들이었는지, 부당 해고에 맞서기 위한 노조 결성에 관해 의논했고, 경영의 어려움 때문에 행해지는 노동자 해고는 어쩔 수 없다는 정보 속에서 끝내 다함께 사직서를 썼고, 집단으로 퇴사했다. 대체할 인력이야 얼마든지 있으니 사측은 눈 하나 깜짝할 일이 아니었겠으나 나와 동료들에게는 오래 기억할 씩씩하고 즐거운 연대의 경험이었다. 그렇지 않았다면 우리가 왜 그렇게 퇴근 후에도 자주 모여 앉아 웃고 떠들고 마시며 책을 만들고 읽고 쓰는 이야기를 했겠는가. 아마 아직도 보문동 〈최군맥주〉 종업원은 새벽까지 맥주를 마시고도 똑바로 걸어나가던 우리를 기다리고 있을지도 모른다.

집단 퇴사 후 동료들은 '그땐 그랬지'라는 시간이 아니라 모두 현재를 살고 있다. 먹고살기 위해 모두 일하며 산다. 많은 이에게 노동은 향수가 될 수 없다. 나는 아직도 사측의 부당 해고 통지에 대항해 울먹이며 "이곳이 제 삶의 터"라고 말하던 동료의 목소리를 기억하고 있다. 지금은 장난스럽게 그 울먹임을 놀리곤 하지만, 아 직도 그때 동료에게서 들었던 그 육성이 나는 오늘날 가장 중요한 목소리 중 하나임을 의심하지 않는다.

 영화잡지 〈키노〉와의 인터뷰에서 켄 로치는 다음과 같이 말했다.

역사는 향수가 아니다. 역사는 왜 우리가 지금의 모습인지, 우리가 누구인지, 왜 우리가 현재의 상황에 있는지를 말해준다. 역사가 향수에 불과하다고 말하는 것은 권력을 가진 부르주아들에게 적합한 것이다. 그렇게 되면 그들이 계속 권 력을 유지할 수 있게 되기 때문이다. 역사는 우리가 처한 상황을 설명해준다. 역 사를 탐구하여 민중들에게 그들의 역사를 되돌려 주는 것은 감독의 책임 중 하 나이다. 역사야말로 미래를 여는 열쇠이기 때문이다. 만일 당신이 민중의 과거에 대한 생각을 조절할 수 있다면 당신은 그들의 현재를 재조정할 수 있고, 현재를 조정하게 되면 결국 그들의 미래를 바꿀 수 있게 되는 것이다. 그러므로 과거에 대한 민중의 생각을 조정하고 문제를 제기하는 것이야말로 가장 중요한 일이다.

인터뷰어의 질문은 이런 것이었다.

〈랜드 앤 프리덤〉에서 1996년의 〈칼라 송〉에 이르기까지 당신은 노동계급의 새 로운 국제적 연대와 진정한 혁명에 관한 낙관적인 비전을 말하고 있습니다. 하지 만 공산주의가 1990년대 들어 자체 붕괴되고, 전 세계의 사람들, 특히 유럽에서 는 맑시즘과 20세기에 일어났던 일들을 이미 망각했거나 잊어버리려고 노력하 고 있습니다. 이런 상황에서 스페인 내전과 니카라과를 다시 해석하는 것은 이 상주의자의 향수가 아닌지요?

집이란 이렇게 복잡하다

케시 컴 홈

나는 공공건설 임대주택에 산다. 임대보증금 2387만 원, 월 임대료 20만 4800원, 전환보증금 3668만 원을 더 내면 월 임대료 없이 2년을 살 수 있는 곳이다. 이만한 돈으로 서울에서 더 좋은 집을 구할 수 없다.

이곳에서는 아침마다 물을 틀어놓고 수도꼭지에서 녹물이 나오지 않기를 기다릴 필요가 없고, 비가 올 때면 벽지에 피는 곰팡이를 볼 일도 없으며, 세탁기 뒤에서 꼽등이가 튀어나오지 않는다. 한밤중에 집에 들어가 불을 켜면 다급히 사라지는 바퀴벌레도 없다. 이 집은 겨울이면 창문마다 뽁뽁이를 붙여놓아야 하는 곳도 아니다. 누가 현관문을 따고 들어오면 어쩌나 걱정하지 않아도 되는 곳이며, 창문을 열어두어도 앞집 부부의 신음이나 윗집 모자의 다투는 소리 같은 게 들리지 않는다. 이 집에서는 생선 구운 냄새가 안 빠지면 어쩌나 걱정할 필요가 없고, 집에 없을 때 택배가 오면 어쩌나 마음 졸일 필요도 없고, 대문 앞에 쌓인 눈덩이를 치울 일도 없다. 비키니옷장 대신 작은 붙박이장을 마련했고, 고향에서 부모와 친지가

올라와도 남부끄럽지 않고, 이제 다이소에서 파는 욕실 러그를 사고 싶지 않다. 집이란 이렇게 복잡하다.

서울에서 살기 시작하면서 여러 차례 집을 옮겨 다녔다. 처음 얻었던 집은 다세대주택의 반지하방이었다. 전세 1500만 원. 모아놓은 돈이 없어서 부모에게 손 벌렸다. 반지하방이긴 하나 창이 커서 채광이 좋고, 방에 딸린 화장실이 지면보다 좀 높고(화장실에 가려면 시멘트로 만들어 놓은 계단 하나를 올라가야 했다), 작아도 씻는 데 불편함이 없으며, 옆집에 사는 부부도 조용해서 책을 읽거나 글을 쓰는 데 전혀 방해가 없을 거라는 부동산 업자의 말을 믿고 얻은 집이었다. 속인 거라고는 생각하지 않지만, 속았다.

멋진 자립생활을 위해 라꾸라꾸 침대와 좌식용 책상을 사고 책상 위에 고무나무 화분을 두고 한쪽 벽면에 필름카메라로 찍고 인화한 사진을 붙여 두었다. 하지만 그 방에 빛이 드는 시간은 하루에 한 시간도 채 되지 않았고, 화장실에 세탁기를 넣어두자 쪼그리고 앉아 씻기에도 불편했다. 화장실 계단은 자칫 잘못하다가는 코 깨지기 십상, 옆집에 사는 남자는 알코올중독자였다. 아내를 때렸으며 딱 한 번 인사를 주고받았을 뿐인데, 그 이후로 밤마다 같이 술을 마시자며 문을 두드렸다. 그 때문에 나는 부러 불을 끄고 집에 없는 척하기도 했고, 아내폭력이 의심된다며 수차례 경찰에 신고했지만 경찰이 찾아온 건 딱 한 번뿐이었다. 아무 일도 일어나지 않았다. 한밤중에 화장실에서 옆집 여자가 우는 소리를 자주 들었다. 비가 오든 안 오든 곰팡이와 가까웠고 비염을 얻었다. 이사하기 두세 달 전인가는 화장실에서 물이 역류해 방 안이 온통 물바다가 되었고, 젖은 책과 젖은 이불과 젖은 옷을 공업용 비닐에 둘둘 말아 집 앞에 두었다가 볕이 나면 말리고 볕이 사라지면 다시 감싸두길 반복했다. 구질구질한가? 나는 그곳에서 4년을 살았다. 출퇴근하며 먹고 자고 종종 친구들과 모여 앉아 중화요리를 시켜 먹으며 술도 마셨다. 잘 살았다. 돈도 조금씩 모았고, 특별히 아픈 곳은 없었지만 임플란트 시술을 받았고, 심지어 그곳에 살며 연애도 시작했다.

첫 데이트 때였다.

그 사람이 나를 집까지 데려다주었다. 나는 그게 자연히 어떤 신호라고 생각했고 대문 앞에서 준비된 말을 했다. 잠깐 들어왔다가. 아냐. 집에 가야지. 여기까지 왔는데 차라도 마시고 가―이런 말은 왜 1초의 망설임도 없이 튀어나오는 걸까?―다음에. 그럼 그냥 방만 구경하고 가. 늦었어. 보냈다. 그 사람을 그렇게 보내고 집으로 혼자 들어와서는 생각했다. 이런 집이라서 그런가. 사랑이 모든 걸 이긴다지만, 어쩐지 연인의 반지하방은 무리인 것인가. 집안을 둘러보았다. 누가 보아도 가난한 세간이었다. 라꾸라꾸 침대는 공짜로 줘도 안 쓸 것 같은 모양새였고, 저기서 섹스는 어떻게 하나, 자괴감이 들었다. 방이 넓고 깨끗해 보인다던 화이트 좌식 책상은 누렇게 변색되어 있었고, 곰팡이 제거제를 뿌리고 뿌려서 벽지에는 얼룩이 짙었다. 사랑의 냄새는 아니었다. 그 사람이 이런 사랑스럽지 못한 냄새를 맡았으면 어쩌나 싶었다. 들켰구나 싶은 생각. 그제야 첫 데이트에 입고 나간 옷이 후줄근하게 느껴졌고 얼굴에 생기지도 않는 마른버짐이 생긴 듯했다. 그 사람이 돌아서 가기 전에 **뽀뽀**라도 해줄걸. 사랑의 힘으로 이겨내 보자고 생떼라도 써볼걸 하는 생각이 느닷없이 들었다. 울적했지만, 울지 않았다. 그런 걸로 울 만큼 어리진 않았다. 어리석었을 뿐. 그러니까 어리석은 만큼 슬펐다.

월세에 허덕이며 사는 직장 동료가 있었고, 나는 언제 독립해서 이렇게 살까, 그 집을 부러워하는 친구들도 있었지만 아직 어려서 부모와 함께 사는 아이들에게는 괜히 구김살 같은 게 없어 보였고, 직장 동료의 집은 더 넓고 더 깨끗하고 더 따뜻하게만 느껴졌다. 모두가 다 가난한 부모를 두고 가난한 집에서 가난하게 살고 있었는데도. 그런 순간에는 역시 담배 한 대가 제맛을 냈다. 담배란 어쩌면 가난의 냄새가 나는 곳에서나 어울리는 공산품이 아닐까.

잠시 후 그 사람에게서 문자메시지가 왔다.

사랑의 청승은 언제나 희극에 가깝다.

이후 나는 화장실이 드넓은 1.5층 집으로, 방이 두 개인 단층집으로 이사했다. 애인과 섹스하는 횟수가 점점 줄어들었고, 같이 한 이불을 덮고 잠드는 날들이 많아졌다. 다시는 반지하방으로 돌아가지 않기 위해 애쓰며 살았다. 애쓴다고 될 일은 아니었지만. 모두 잘 만 살았던 집들인데도 지하로 돌아가면 다시 너절한 시절로 돌아가는 것 같았다. 지금이라고 해서 별달리 너절하지 않은 것도 아니면서. 서울에서 자립해 살면서 좀 더 나은 곳으로 향해만 가는 건 버거운 일이다. 그리고 여기로 왔다. 공공건설 임대주택.

임대주택에 살기까지의 과정은 지난했다. 애인의 적극적인 권유가 있었으나 몸이 쉽게 움직이지 않았다. 대체로는 마음의 문제 때문이었는데, 임대주택에 대한 오해에서 비롯된 것이었다. '거기까진 아니지 않은가' 생각했다. 거기까지라는 게 정확히 무엇을 의미하는지는 알 수 없었으나 여하간 그때 나에게 임대주택은 지하방만큼이나 너절한 것처럼 여겨졌다.

애인과 임대주택 견본세대를 보러 다녔던 하루는 길고도 고단했고, 그날 우리 둘은 서로가 가진 이유로 한 치의 양보도 없이 각자의 집으로 돌아가 한동안 연락하지 않았다. 애인은 같이 살고 싶은 마음이었고, 나는 혼자 살고자 하는 마음이 컸다. 왜냐하면 애인은 오랜 시간 가족의 품에 있었고, 나는 가족의 품을 떠난 지 이미 너무 오래되어서였다. 늘 가까운 가족이란 행복보다는 불행에 가깝다. 주말부부의 금술은 그런 걸 증명한다.

견본세대를 보러 다녔던 하루를 모티프로 나는 〈견본세대〉라는 단편소설을 쓰기도 했다. 애인의 입장이 되어보고 싶어서였다. 가족의 입장이 되어보고 싶어서였다. 그리고 그날 보았던 한 남자의 입장이 되어보려는 마음도 있었다.

그날 한 임대주택에서 나는 이름 모를 취객에게 욕을 먹었다. 별다른 이유가 없었다. 그의 편에서 나는 밝았고, 내 편에서 그는 어두웠다. 그 난처함이 나에게는 곧 임대주택과의 직면으로 다가왔다. 이런 곳에는 저런 사람이 사는 거구나. 헐렁한 몸으로 오전까지 술에서 깨지 않고 다시 술을 마시며 아무에게나 시비 붙는 사람들이 모여 있구나. 이 세계에 발을 담그지 말아야 해. 만감이 교차했다.

그즈음 나는 말이 좋아 프리랜서였지 실업자였고, 슬슬 생활비가 걱정이었고, 통장에는 보증금 조로 빼둔 돈 이외에는 잔액이 거의 없었다. 가난한 가운데 문학이 꽃피고 사랑이 꽃피고 한다는 게 얼마나 헛소리인지 나는 그 시절 제대로 알게 되었다. 가난하면 문학도, 사랑도 꽃피지 못한다. 사람의 성장이란 교육으로 주입된 삶의 경구들을 '빠는 소리'와 '빨지 않는 소리'로 나누어 가는 일인지도 모른다. 임대주택에 살라는 애인의 말씀은 빠는 소리가 아니었다.

이곳에서의 삶은 그 어느 때보다 안락하다. 안락한 생활이라서 글도 열심히 쓰게 되고, 일도 열심히 하게 되고, 섹스도 열심히 하게 된다. 열심히 하다 보면 잘하게 되니까. 임대주택에 사는 사람의 입장이란 역시 그런 것이다. 여기서 잘돼서 나가야지, 나아가야지. 저곳으로. 201동으로 203동으로 204동으로. 넓은 곳으로. 가족이 한 방에 붙어 잘 필요도 없고, 짐을 머리에 이고 살 필요도 없는 곳으로. 아이에게는 아이의 방이 있고, 아내에게는 아내의 서재가 있고, 남편에게는 남편의 주방이 있는 곳으로.

그러나 임대주택은 그런 곳이 아니다. 장담할 순 없지만, 나를 포함해서 이곳에 사는 사람들에게 그런 일은 기적과 같다. 자본주의는 기적을 믿는 인류를 탄생시켰다. 기적을 믿기에 이곳에는 온종일 술에 취해 사는 사람도 살고, 건실한 노동자와 아이가 있는 미래를 꿈꾸는 신혼부부도 살고, 폐지를 줍는 일로 생계를 꾸려가는 노인들도 살며, 할머니 할아버지까지 모인 대가족도 살고, 1인 가구도 살고, 미혼모, 장애인, 성소수자도 산다. 이런저런 포비아들도 산다.

임대주택은 이런 곳이다. 분양 세대 주민들이 철망으로 분리해 놓은 입구와 출구 때문에 불편을 감수해야 하는 사람들이 사는 곳이며, 분양 세대 아이들이 거지라고 놀리는 임대 세대 아이들이 사는 곳이며, 집값 떨어질까 봐 있어도 없는 투명한 세대들이 사는 곳이다. 2년마다 보증금이 없어서 쫓겨나는 사람들이, 매월 임대료 때문에 휘청거리는 사람들이 사는 곳이다.

나도 그곳에 산다. 아직 내게 빼도 박도 못하는 가난은 먼 미래의 일인 것 같다. 그러나 가난이라는 미래는 기적처럼 나타나지 않는다. 가난은 오늘 아니면 내일이다. 많은 이를 가난하게 만드는 것은 정밀한 착취의 구조이지만 가난의 구조는 간명하다. 있다, 없으니까. 끝.

나와 애인은 주로 밥상 앞에서 미래를 얘기한다. 미래의 이야기란 결국 먹고사는 이야기. 얼마 전에는 노동에 지쳐 노동력을 상실한 애인이 일을 그만두고 싶다고 말했다. "그만둬. 내가 먹여 살릴게"
라고 했다면 애인이 조금 더 일찍 뽀뽀해줬을 텐데, 그러질 못했다.
멜로는 늘 리얼리티에 진다.

식사를 다 마치신 애인님 앞에 '1+1'으로 사온 아이스크림을 놓
아드리며 말했다. 싸고 맛있는 거야. 극적으로 입맞춤. 나는 사랑이
끝끝내 이기는 영화에 더는 끌리지 않는다. 지금은 사랑이 끝끝내
이긴다고 해주는 영화에 더 혹한다. 비록 지더라도. 비록 지고 있는
동안에 중단될지라도. 마찬가지로 나는 선의가 이기는 영화보다는
선의가 이긴다고 해주는 영화가 더 좋다.

나와 애인은 지금도 가난을 이기고 있고 편견을 이기고 차별과
혐오를 이기고 있다. 애인도 공공건설 임대주택에 산다. 미래에는 나

보다 애인이 놀고먹는 삶을 살 수 있으면 좋겠다. 그런 마음으로 오늘도 로또를 산다. 복권 당첨의 가장 큰 이점은 그것이 애인의 뽀뽀를 보장한다는 것이다.

 〈케시 컴 홈〉은 1966년 11월 16일 BBC를 통해 방영된 텔레비전 드라마다. 주인공 케시와 레지와 그들의 자녀들은 현대적인 아파트에서 부모의 집으로, 임대주택으로, 이동주택으로, 버려진 집으로, 길거리로, 홈리스 쉼터로 쫓겨 다니며 주거의 몰락을 겪는다.

켄 로치는 정착할 장소를 갖지 못하는 일이 어떻게 한 여성을, 두 이성애자 남녀를, 한 가족을 사랑의 밖으로, 양육의 밖으로, 연인의 밖으로, 부모의 밖으로, 가족의 밖으로, 시민의 밖으로 내모는지 그 '재난의 진행'을 기록한다. 있다, 없는 돈의 일이란 모든 불행의 끝이 아니라 시작이다. 그것이 켄 로치가 번번이 우리가 기대하는 멜로를 무산시키며 영화를 중단하는 이유이다.

켄 로치의 재현은 많은 경우 본 것을 다시 보라고 요청한다. 그러니까 그에게 중요한 것은 삶의 재현이 아니라 삶이다. 놀랍게도 1966년에 영화적으로 재현되었던 그 재난은 여전히 이곳에서, 누군가의 삶 안에서 지속해서 반복되는 중이다.

미래는 뽀뽀하듯

다정한 입맞춤

키스는 다른 모든 것으로 향하는 발판이에요. 약속이나 희망 같은.

TV 드라마 〈글리〉 중에서

퀴어 퍼레이드가 열리는 날이었다.

일요일이었으나 일찍 일어났다. 애인은 간만에 늦잠. 나는 청소년 성소수자 위기지원센터 '띵동'에서 자원 활동을 한다. 먹고사는 일은 아니다. 애인은 먹고살기 위해 사무적인 일을 한다. 나는 자원 활동가로서 퀴어 퍼레이드에 참석하는 것이 흥미롭고, 애인은 근로자로서 일요일의 늦잠이 더 흥미롭다. 그런데도 우리 둘은 선명한 연인이다. 나는 퀴어 퍼레이드에 참여하는 것을 특별히 자랑스러워하지 않지만, 애인이 퀴어 퍼레이드에 참여하지 않는다고 해서 그를 부끄러워하지 않는다. 우리 둘은 성소수자들이 자연스럽다고 생각한다.

한편 어느 집에선가도 일요일이지만, 일찍 일어난 사람이 있을

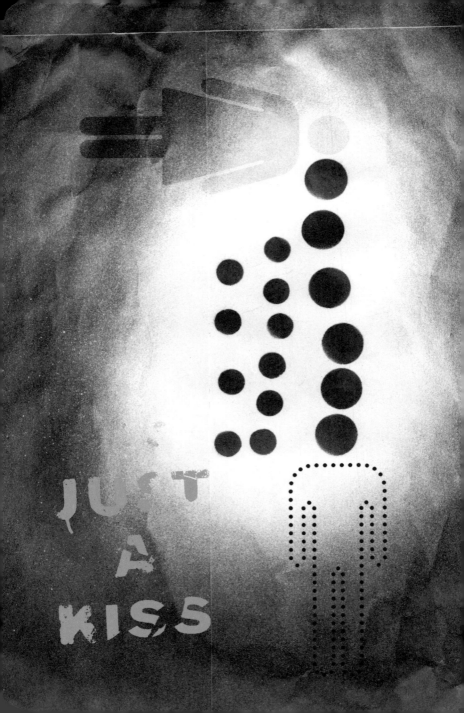

것이다. 그 사람의 애인은 늦잠을 잤다고 치자. 일찍 일어난 사람은 사무적인 일을 하는 자일 수도 있다. 그에게 퀴어 퍼레이드는 늦잠 대신 선택해야 할 무거운 사명이고, 그의 애인은 기독교적 관점에서 그게 정상이라고 생각한다. 그러니까 그 둘은 분명히 성소수자들이 아니다. 그 둘은 자신들이 이성애자라는 것을 특별히 자랑스러워한다. 그러나 그런 게 자랑이 될 수는 없다. 자랑이란 '자기 자신 또는 자기와 관계있는 사람이나 물건, 일 따위가 썩 훌륭하거나 남에게 칭찬을 받을 만한 것임을 드러내어 말함. 또는 그렇게 말할 수 있는 거리'니까. 이성애는 칭찬받을 만한 게 아니다.

일요일에 남의 집 사정을 생각하는 것처럼 괜스러운 짓도 없으나, 어쩐지 그런 생각을 하다가 집을 나섰다. 버스를 탔다.

버스에서는 역시 괜스레 오만가지 생각. 한 버스, 같은 좌석 좌우에 성소수자와 성소수자를 혐오하는 사람이 앉게 된다면 어떻게 될까. 둘은 서로를 알아볼 수 있을까. 알아본다면 그 둘은 인간 대 인간일 수 있을까. 생각이 꼬리를 물고 물어서 내려할 곳을 깜박 놓쳤다. 고작 두 정거장 지나쳤을 뿐인데 헤맸다. 어렵사리 시청광장에 도착했다. 난데없이 북소리가 들려왔다. 입구를 찾기 어려웠다. "이게 다 혐오 때문이야!" 중얼거리는데 한복을 곱게 차려입고 부채춤을 추는 이들이 눈에 들어왔다. 흥겨웠다. 역시 축제의 꽃은 포비아인가. 이제 막 다양한 참여 부스가 세워지는 광장의 전경이 새삼 상쾌했다. 잔디밭을 가로질러 땅동 부스로 갔다.

띵동 부스에서 나는 다른 활동가들과 함께 청소년 성소수자 위기지원센터가 하는 활동을 소개하고 후원금을 모으기 위한 기념품을 판매했다. 다들 열심이어서 최종 완판. 돈을 남겨보자는 마음의 일이 아니라 마음을 남겨보자는 돈의 일이었으므로 가능한 것이었다. 그러나 기념품을 완전히 판매한 것보다 기억에 남는 건, 부스에 찾아온 청소년 성소수자들의 어떤 '태도'다. 부끄럽지만 주눅 들지 않는 태도, 예의 없이 자유로운 태도. 과거의 나보다는 미래의 나를 보여주고 싶어 하는 태도. 미래라는 태도.

돌이켜보면 나는 청소년 시절, 미래가 있었으나 미래를 생각하지 못하였다. 주눅 들었고 자유롭지 못했다. 그때는 지금 같은 퀴어 문화 축제도, 퀴어 퍼레이드도 없었다. 물론 청소년 성소수자들을 위한 위기지원센터도 없었다. 그러니까 퀴어 퍼레이드가 시작되는 광장에서는 모든 게 어쩔 수 없이 미래지향적이다.

미래를 향해, 행진이 시작됐다.

나도 걸었다. 광장에서 출발해 을지로, 삼일대로, 퇴계로, 소공로를 거쳐 다시 광장으로 들어오는, 역대 최장 퍼레이드 코스였지만 여느 때보다 짧게 느껴졌다. 나는 그게 '다 혐오 때문이야'라고 생각했는데, 꺼져라 지옥의 개들아, 라고 목청껏 외치는 혐오 세력들의 목소리가 혐오와 차별에 반대하는 이들의 목소리를 넘어서지 못한다는 것이 참 고소했다. 나는 그때 혐오하는 이들까지도 포용하면서 서로의 곁을 내어주며 함께 걷던 사람들의 얼굴을 지금도 또렷이 떠올릴 수 있다. 그 얼굴이 그날의 모든 걸 증명하니까. 사랑하는 얼굴, 저항하는 얼굴, 혁명하는 얼굴, 자연스럽게 '선언하는 얼굴'을 억지로 증명하기 위한 '혐오의 얼굴' 따위가 이길 리 없다.

나와 땡동 친구들은 더할 나위 없이 축제를 즐기고 부스를 정리하고 〈차돌 박힌 쭈꾸미〉 집에서 저녁밥과 맥주 몇 잔을 나눠 먹었다. 모두 검게 그을렸고 피로했으므로 배불리 먹을 수 있었고 늦게까지 놀 수는 없었다. 우리는 늦게까지 놀 수 없을 때 주로 서운해지기 마련인 사람들인데도…. 가게에서 나와 안녕, 잘 가요, 고생했어요, 라며 손을 번쩍 들었다. 그리고 나 역시 불콰해진 얼굴의 상근 활동가와 잠시 포옹했다. 짧은 순간이었는데, 그 연대의 몸짓이 어쩐지 퀴어 퍼레이드의 대단원인 것 같아서 몹시 뭉클했다.

포옹이라는 몸짓은 미래를 기록하기도 한다. 애인은 늦잠을 잘 잤을까. 행복했을까. 그랬을 것이다. 그는 아마도 늦잠을 자고 일어나 퀴어 퍼레이드에 간 애인을 생각했을 테고, 혐오 세력들을 혐오했을 것이며, 막힘없이 전진했던 퀴어 퍼레이드의 모습을 실시간으로 검색해 보았을 것이다. 근로하느라 피곤한 몸 때문에 퀴어 퍼레이드에 오지 않았어도 그는 부끄러움이 될 수 없다고, 집으로 돌아오는 버스에서 나는 생각했다.

집으로 들어섰다. 기다리던 애인이 기다렸다는 듯이 물었다.

얼굴 팔고 오니까 좋아?

그 말이 어쩐지 고생했어, 라는 좋은 말 같아서 애인에게 좋은 뽀뽀를 해줬다. 이번만큼은 '다 혐오 때문이야' 대신에 '인간'을 생각했다.

아마도 스스로를 '정상적'이라고 생각하며 '비정상적인' 사람들을 비난하기 위해 광장으로 나왔던 사람도 지친 몸으로 애인을 향해 갔을 것이다. 그는 애인과 뽀뽀했을까. 나는 그 사람이 어떤 얼굴로 애인의 얼굴을 마주 보고 그날 자신이 보낸 '혐오의 하루'를 말할지 짐작할 수 있었다. '뽀뽀하기 위한 하루의 얼굴'을 어디 감히 그런 얼굴 따위가 이길 수 있으랴.

나는 뽀뽀하는 사람으로서 모든 혐오와 차별에 반대한다. 지금 이곳의 청소년 성소수자들도 비록 힘들겠지만, 결국엔 모두 다정한 입맞춤을 아는 얼굴로 스스로를 완성해 갈 것이다. 그렇게 선언하고 싶다. 그러니까 미래는 결국 뽀뽀하듯 오는 것. 혐오에 미래가 없는 것이 바로 그런 이유이다.

🚶

"만약 제가 모든 기독교인들, 조지 부시, 교황, 헨리크 라슨, 그리고 윌리 더 자니 등을 똑같이 취급한다고 해보죠. 여러분은 웃으시네요. 왜죠? 말도 안 되는 짓이니까요. 하지만 이것이 바로 서구 사회가 이슬람 세계에 대해 하는 행동이죠. 오십여 개 나라의 10억에 가까운 사람들, 수백 가지의 다른 언어를 사용하고, 셀 수 없는 민족들을 똑

같이 취급해 버리죠. 우리 가족을 예로 들어보죠.

우리 언니는 자기가 이슬람교도라고 생각해요. 그리고 정치적 성향이 좀 있어서 자기는 흑인이라고 하죠. 우리 아빠는 이 나라에 오신 지 사십 년이 넘으셨고, 순수 파키스탄 인이시죠. 본인은 그렇게 생각해요.

전 테러리즘에 대한 서구 사회의 정의를 인정하지 못해요. 테러 국가에 사는 수십 만의 희생자들을 배제하고 있으니까요. 전 도덕적으로 우월하다는 서구 사회의 주장도 인정 못해요. 예수님을 제일 사랑한다는 두 나라가 UN 헌장을 휴지 조각으로 만들었으니까요. 하지만 무엇보다도 전 서구 사회의 단순한 시각을 인정 못해요. 이슬람 세계에 대해 말이죠. 전 글래스고의 시민이에요. 파키스탄 사람이고 십대 소녀죠. 이슬람 집안의 여자고요. 그리고 글래스고 레인저스의 서포터예요. 이 가톨릭 학교에서 말이죠. 전 그런 것들의 혼합체이고, 그게 자랑스러워요."

〈다정한 입맞춤〉에서 10대 소녀 타하라는 수업 시간에 자신이 이슬람교도라는 단일적 정의를 거부하며 위와 같이, 선언한다.

파키스탄계 이슬람교도 카심과 아일랜드계 카톨릭교도 로이신이 이미 옛날 사람들로서 인종과 종교의 단순하고 딱딱한 장벽을 뛰어넘어 사랑을 고정시키려고 고군분투하는 동안, 타하라는 자신의 복잡하고 유동적인 정체성을 손에 쥐고 스스로 미래로 흘러간다. 후에 타하라가 직면하게 될 미래란 어떤 것일까? 켄 로치에게 과거와 현재는 언제나 미래를 책임지는 시간이다.

문학은 이길 수 없다

제69회 칸 영화제

최근 '문단_내_성폭력' 해시태그 증언 운동을 경험하며 그 어느 때보다 '문학의 미래'에 관해 생각했다. 과거를 떠올렸고 현재를 이용해야 했다. 이제 더는 비윤리적인 토대 위에서 생겨난 예술은 살아남을 수 없다는 누군가의 말을 여러 차례 곱씹어 보기도 했다. 이러한 현실 속에서도 동료들이 가꾸어가자는 문학의 깨끗한 미래라는 건 대체 뭘까 궁금해졌다. 그 와중에 문단 내 성폭력, 위계폭력 재발 방지를 위한 작가 서약에 연명했고, 그 와중에 개인 SNS에서 '페미라이터' 해시태그를 종종 사용했고, 그 와중에 일하고 먹고 마시고 〈하야가〉를 따라 부르며 광장에 서 있기도 했다. 글도 쓰고 책도 읽었다. 그렇게, 살았다.

우리는 생활에서 벗어날 수 없다. 적어도 나는 그런 것 같다. 언제나 생활이 앞장선다. 문학-하는 자라고 해서 뭐 특별히 다른 생활을 하는 것도 아니고 특별히 다른 생활을 해야만 문학을 하는 것도 아니다. 그러나 한 가지 확실한 건 인간의 됨됨이란 생활 속에서 성장하거나 퇴화한다는 것. 동그라미를 의미심장하게 쪼개어 적어 놓은 방학계획표를 보며 그 어린 나이에도 자신이 살아온 바를 후회하던 우리가 아닌가.

요즘 합의된 것들에 관해 생각이 많아졌다.

문화예술계 내 성폭력, 위계폭력 재발 방지를 위한 여러 연대 모임에서 개별적인 폭력의 경험을 공적인 목소리로 전환하는 '액션'을 시작했다. 해시태그 증언을 고발의 결과가 아니라 과정에 두고 그 '증언의 타래'를 새로운 운동의 양식으로, 젠더 정치학의 지형으로 옮기어 가고 있는 듯하다.

새삼스럽지만 최근 페미니즘을 둘러싼 다양한 이슈들이 연일 화제다. 물론 이때의 화제란 SNS상의 화제에 국한되는 것인지도 모른다. 그러나 최순실 국정농단 보도와 "이년, 저년, 미친년 박근혜"라는 선전 구호를 둘러싼 여성주의적 성찰에서부터 페미니즘을 비판하고 대체하는 근거로 사용되던 '이퀄리즘'에 대한 논의—최근 이퀄리즘이라는 말이 한 누리꾼에 의해 만들어진 가상의 용어라는 것이 밝혀졌다—까지 페미니즘에 엮인 젠더 이슈를 살펴보는 일은 오늘날 한국 사회를 진단하는 지표가 되고 있다. 그런 와중에 문단 내 성폭력 위계폭력 가해자 혹은 지목자들이 변호사를 선임해 법적 대응을 시작했다는 소식도 들었다. 그들이 내세우는 증거는 모든 것이 합의하에 벌어졌다는 것이다.

지난해 나는 이런저런 자리에서 개별적인 폭력의 경험을 고백한 바 있다. 그 경험담 속에 등장하는 가해자들에게 나는 사과받은 바

없고 사과를 받기엔 늦었다. 이제 내게 그 일은 피해를 경험한 이야기가 아니라 가해를 목격한 이야기다. 그러나 그렇다고 해서 내가 그 모든 일에 합의를 보았다는 것은 아니다. 나는 오히려 그 모든 일에 여전히 합의하지 않는다. 나는 그 증언들이 그때도 지금도 가부장제와 군사주의와 이성애 중심 가족주의, 남성중심주의에 합의할 수 없다는 '폭로'이기를 바란다. '문단_내_성폭력'이라는 해시태그를 통해 자신들의 피해를 고발한 이들 역시 나와 비슷한 심정일 것이다. 그런데도 그들을 합의된 관계 속으로 소속시키는 가해자의 짓거리는 참으로 끔찍할 수밖에 없다. 나는 이즈음 문화예술계 내 성폭력, 위계 폭력 가해자로 지명된 모든 이를 예술이라는 이름으로 벌하고 싶다.

얼마 전, 《양성평등에 반대한다》를 읽었다. 이른바 합의된 것들에 재차 질문을 요구하는 이 책은 '인간은 양성으로 구성되어 있다'는 합의, '공개적인 장소에서의 자위행위는 음란하다'는 합의, '청소년은 성적으로 가능할 수 없다'는 합의, '메갈리아 미러링 남혐'이라는 합의, '동성애 혐오는 하느님의 뜻'이라는 합의 등에 이의를 제기한다. 그 물음들을 축으로 양성평등이라는 말이 어떻게, 어쩌다 저들 편에 서게 되었는지 양성평등이라는 말의 연원을 되짚고, 양성평등이라는 말을 새로이 해제하며, '양성'에 속했을 때 주로 지정 성별이 여성이라는 이유로 겪게 되는 차별을 드러내고, 양성에 속하지 않는다고 합의되었을 때 성차, 성정체성, 성적지향 등에 의해 많은 이가 차별에 노출될 수밖에 없음을 검토한다.

이때의 검토란 양상의 분석이 아니라 구조적인 측면에서 발생하는 차별에 대한 분석이다. 여성주의가 성별이분법 너머의 사유이자 삶을 관통하는 실천 양식이며 권력의 구조에 관해 질문하는 방법의 여정이라는 것을 이 책은 잘 보여준다. 그러니까 합의되지 않은 것들을 상상해보자는 것. 이후의 삶이란 그런 상상에서부터 생겨난다는 것이다.

여담이지만 나는 같은 출판사에서 10여 년 전에 나온 정희진의 《페미니즘의 도전》을 읽으며 페미니즘에 '재미'를 붙인 사람 중 하나다. 그리고 《양성평등에 반대한다》는 그때 그 논의의 중심에 있던 양성평등의 실체를 분석하고 그들로부터 '잃어버린 말'을 폐기하고 '새로운 말'의 쓰임을 고심한다. 그 논의의 가운데로 또한 젠더 퀴어 담론이 들어선 것 역시 의미심장한 변화이다. 여성주의란 과연 고여 있는 것이 아니라 흘러가는 것.

언제나 독서하는 생활에 관해 쓰고 싶다.

시집 몇 권 읽는 일조차 쉽지 않은 때다. 그러나 여전히 쓰는 사람이 있고, 그러니 계속해서 읽는 사람이 필요하다. 읽는 사람만이 결국 문학의 증인이 될 수 있다. 모든 문학은 각자의 생활력을 가지고 세상에 나온다. 남녀노소에게 읽히기를 바라면서. 생활의 신파

속에 함몰되어서는 안 될 인간의 성장에 관하여. 인간의 성장 속에
함구되어서는 안 될 생활의 퇴화에 관하여. 우리가 다시 발견해야
할 것과 우리가 새로이 발명해야 할 문학이란 무엇인가 질문하면서.
문학은 결국 읽은 사람에게만 물음을 남긴다. 문학은 생활을 이길
수 없다. 그러나 문학은 그 패배에서 승리를 맛본다.

미래에게

#우리는_서로의_용기가_될 거야.•

그리고 현재에게

우리는 무엇이든지 가능하고, 또 다른 세계는 가능하며 필요하다
고 외쳐야 한다.••

• 트위터에서 문단 내 성폭력 등을 고발할 때 누리꾼들이 서로 지지해주며 올린 트위
터 해시태그.

•• 제69회 칸 영화제에서 켄 로치는 황금종려상을 수상했다. 그의 소감은 언제나 그렇
듯 과거와 현재와 미래를 향해 열려 있었고 또한 연결되어 있었다.

밤하늘은 안전한 것처럼 보인다

스위트 식스틴

처음으로 밤하늘을 올려다본 사람은 어떤 기분에 젖었을까, 그 사람은 무슨 이유로 밤하늘을 올려다보며 인생의 작은 신비를 깨우치게 되었을까, 마지막으로 밤하늘 풍광을 항해의 지표로 삼았던 이는 누구였을까, 사람이 발명해낸 기계들이 모든 자연을 대체하는 세상은 어디까지 와 있는 걸까….

잠들기 전까지만 해도 내일 새벽에는 밤하늘을 올려다보는 사람에 관해 쓰려고 마음먹었더랬다. 퇴근길 심야 라디오방송에서 들려온 사연 때문이었다.

무척 오랜만에 밤하늘을 올려다보았는데 글쎄, 서울 하늘에도 제법 별이 많다는 걸 알게 되었다는 전언. 응암에 사는 한 청취자로부터 온 것이었다. '응암에 사는 이들은 밤하늘을 올려다보는 사람들이구나'라고 성급하게 일반화하고 싶었다. 응암은 지금 어떤 기분일까. 문득, 응암에 신혼집을 구할까 생각 중이라던 재위가 떠올랐다.

재위는 내가 아는 사람 중에서 아마도 제일 많이 밤하늘을 올려다보는 사람일 것이다. 마지막까지 밤하늘의 별을 이동의 도구로

삼으려는 사람도 역시 재위일지 모른다. 작년인가, 재위가 쓴 글에서 이러한 구절을 발견하고 퍽 뭉클한 기분에 사로잡혔다.

　　나도 언젠가 조그만 화분에 옮겨 심어둔 채송화의 개화를 기다리며 엄마를 떠올릴 때가 올지도 모른다. 엄마와 내가 시간과 공간을 초월해 공유할 수 있는 물리적 대상이 타임머신처럼 단단한 기계가 아니라 채송화라면 얼마나 다행인 일인지.

　　기계가 대신할 수 있는 마음도 있으나 기계가 대신할 수 없는 마음도 있다. 재위와 그의 짝꿍이 응암에 살게 된다면 나는 '응암에 사는 이들은 채송화를 믿는 이들이구나'라고 믿고, 살고, 싶다. 믿고 산다는 건 간단치 않은 일이다. 그건 전적으로 내 마음의 일이 아니라 네 마음의 일이기 때문. 아마도 처음으로 밤하늘을 올려다본 사람도 내 마음이 아니라 네 마음에 젖어 그랬을 것이다. 찾길 바랐겠지. 믿고 살 것을. 둘이 함께.

　　애초에 내가 쓰려고 했던 글은 적어도 이만큼 서정적이었을 것이다. 그러나 나쁜 꿈을 꿨다.

　　이런저런 뒤죽박죽인 꿈의 말미에 낯선 이가 집으로 침입했다. 무서운 기운이어서 크게 소리지르며 깼다. 옆에서 자고 있던 짝꿍 역시 놀라 잠에서 깼다. 안심되었다. 옆 사람이란 그런 쓸모. 비몽사몽 놀란 얼굴을 한 사람을 다시 재우고 조심히 일어나 방을 옮겨 책상 앞에 앉았다.

마음을 쓸어내리기에 이 집은 안전한 곳이다. 오랫동안 독립해 살면서도 안전하다고 느낀 집은 거의 없다. 다세대주택의 집들이 모두 그러하듯 나는 허술한 대문을 방 앞에 두고 살았다. 마음만 먹으면 누구라도 언제든 들어올 수 있는 곳에서 수년을 살면서 다소간 불안증에 시달리기도 했다. 한번은 이런 일이 있었다.

크리스마스이브였다. 반지하방 창문으로 누군가가 왔다 갔다 하는 것을 보고 불시에 불을 켜고 소리를 지르자 마음먹었으나 쥐 죽은 듯 이불을 뒤집어쓰고 전화기만 붙들고 있었다. 다행히 그날은 아무 일도 일어나지 않았다. 일은 그다음부터. '남자' 혼자 사는 집이라는 걸 들키면 안 될 거 같아서 배달음식이 오기 전 현관 입구에 신지 않던 신발을 내어 놓기도 했고, 방과 주방을 분리하는 문을 닫아 놓은 후에 배달원이 오면 누군가 방에 있는 척 말을 걸기도 했다. 배달음식이나 배달원이 무슨 죄인지 모르겠으나 내 마음이 수상해져서 그렇게 했다. 그렇게 하는 거라고 했다. '여자' 혼자 사는 집에서는. 자취를 오래 할수록 그런 불안은 옅어졌지만, 실은 불안이 옅어진 것이 아니라 점점 덜 불안한 집으로 거처를 옮기고 있었을 뿐이었다.

최근 트위터에 '여자자취방'이라는 해시태그를 달고 게시되는 사진과 '예방책' 정리 목록을 보면서 새삼 안전하지 못했던 시절의 일들이 떠올랐다. 남 일처럼 느껴지지 않았다. 모든 집이 안전하다는

건 허상에 불과하다. 어쩌면 대부분의 사람은 대문 뒤에 방이 있는
집이 아니라 방 앞에 문을 둔 집에 살고 있을 것이다. 어떤 이들에게
는 내 집 마련의 꿈이 안전한 곳으로의 이행을 꿈꾸는 일 그 자체일
지도 모른다. 서울 하늘 아래에서 안전한 내 집을 갖고 사는 사람은
흔치 않다. 적어도 내 주변에는 억대의 은행 대출금을 끼고 집을 산
두 친구밖에 없다.

　　그러나 그 두 친구가 정말 안전한 집에 살고 있는 걸까. 자본으
로부터 안전한 집은 없다. 빚 없이 사회생활 시작하는 사람 없고, 빚
없이 집 마련하는 사람 없고, 빚 없이 죽네 사네 하는 사람 없다는

요즘이다. 안전한가, 우리.

그럼에도 불구하고 밤하늘은 계속해서 안전한 것처럼 보인다. 밤하늘을 올려다보는 일은 생활을 긍정하게 하고, 어떤 소망의 차원으로 한 사람의 다짐을 승격시킨다. 가령, 내일은 지각하지 말자는 다짐이 밤하늘로 올라가면 일하지 않고 살게 해주세요, 라고 부풀어 오른다. 그러니까 응암에 사는 이들은 부푼 가슴을 안고 잠이 드는 이들이다. 재위와 그의 짝꿍이 신혼집을 응암에 구한다면 그것만큼 정확한 일이 또 있을까. 그들이 훗날 나 여기, 너 저기로 각자의 눕는 자리를 고수하게 될지라도. 나쁜 꿈으로부터 안전한 곳에서 모두가 평온하게 살기를, 밤하늘을 올려다보며.

이곳은 아침이다.

🚶

"내 생각에 촬영은 심플하고 경제적이어야 한다. 경제적인 촬영의 핵심은 자연광을 최대한 활용한다는 것이다. 와이드 렌즈나 망원 렌즈도 잘 쓰지 않는데, 그건 렌즈가 사람의 눈과 같아야 한다고 믿어서다. 대상을 조용히 응시하고 연민하는, 사람의 눈 말이다."

(⋯)

인터뷰를 하는 동안 켄 로치의 얼굴에 수시로 햇살이 내리비쳤다. 불편한 듯 눈을 찡그리는 그에게 자리를 바꿔 앉자고 제안했지만, 그는 "괜찮다. 곧 해가 기울 것"이라며 손사래를 쳤다. 작은 배려지만, 그 따뜻한 맘이 그대로 와 닿았다. 그는 영화가 세상을 바꿀 수 있을 거라고 믿진 않는다 했다. 자신은 그저 "미력하게나마 돕는 것뿐"이라고 했다.

2002년 6월 14일 〈씨네21〉에서

〈스위트 식스틴〉에서 켄 로치는 예의 대상을 응시하는 카메라로 '안전한 집'을 꿈꾸는 소년 리엄의 붕괴를 담아낸다. 그때 켄 로치가 담아낸 붕괴의 풍경은 소년의 것처럼 보이지만, 소년의 붕괴가 그를 둘러싸고 있는 사람들의 균열로부터 시작되었음을 우리는 짐작할 수 있다. 왜냐하면 우리 주변에도 그와 같은 '소년 소녀의 사실'이 즐비하기 때문이다. 열여섯이 되는 날, 죽음에 바짝 다가선 소년의 사적인 얼굴을 통해 켄 로치가 공공연하게 드러내려고 한 공적인 얼굴은 어떤 것일까?

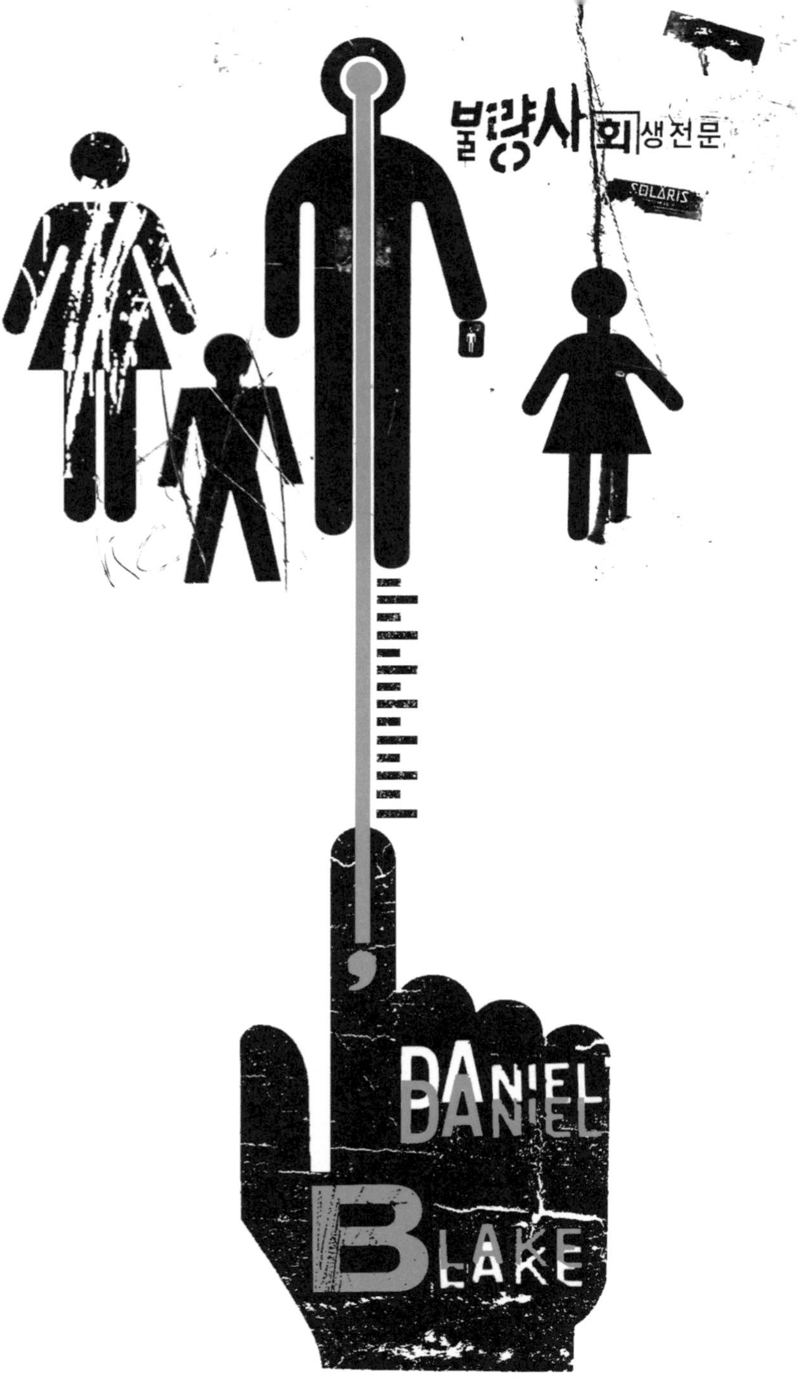
불량사회
생전문
SOLARIS
DANIEL
BLAKE

촛불은 얼마나 단단한 물체인가

나, 다니엘 블레이크

촛불 앞에서 진실해지는 순간을 기다리던 때도 있었다. 대학 시절에는 어디서 누구한테 배운 것도 아닌데, 친구들과 둘러앉아 술을 마실 때면 마지막에 꼭 촛불을 밝히고 불을 껐다. 촛불 앞이라면 다들 마음의 어느 한구석이 아늑해져서 묻지도 않은 이야기를 털어놓았다. 가령, 내가 좋아하는 사람이 이 방에 있다, 같은 말이었다.

촛불이 꺼질 때까지 돌아가며 진실을 말하고 누구의 진실이 더 진실한가를 이야기하는 가운데 우리는 책에서는 결코 배우지 못할 것들을 배웠고, 그렇게 배운 걸 써먹기 위해 나는 때때로 긴 연애편지를 적었다.

그때 나와 친구들에게 촛불은 다른 시간으로 가는 통로와 같은 것이었다. 자신에게 용감해지는 순간, 자신을 사실로 만드는 순간, 자신도 부끄럽지 않은 순간. 물론, 많은 이가 그 신기루 같은 시간을 빠져나와서는 촛불 앞에서 두 번 다시 진실해지지 않으리라 낯뜨거워했지만 부질없는 짓이었다. 촛불은 늘 시작하게 했다. 그러나 그렇게 흔들리는 촛불 앞에서 진실한 사랑을 일삼던 유약한 이들도 2002년에는 촛불이 얼마나 단단한 물체인가를 알게 되었다.

그해 6월 13일, 열다섯 살 동갑내기 미선과 효순이 미군 궤도장 갑차에 치여 숨졌다. 그때 나와 친구들은 처음으로 골방이 아니라 광장에서, 사랑의 진실이 아니라 진실의 용기를 위해서 촛불을 들었다. 그때부터였다. 촛불을 켜고 사랑을 말하는 일을 삼갔고, 〈청계천 8가〉 같은 노래를 배워 불렀고, 등록금 삭감을 공약으로 건 기호 2번 선본에 몸담았다. 철든 척을 했고, 운동 꽤나 한 선배를 동경하며 졸졸 쫓아다녔다. 물론 그 시간도 잠시여서 밀린 과제를 처리하고, 시를 쓰고, 졸업논문을 준비하고, 아무렇지 않게 술에 취해서는 민중가요를 대중가요처럼 불렀다. 촛불을 켜고 앉는 일은 점차로 드물어졌으며 촛불 앞에서는 누가 더 '그지 같은 회사'에 다니는지를 고했다. 촛불이 더는 낭만적인 물체로 보이지 않았다. 그건 불운한 일이었다. 촛불 앞에서 다 함께 진실해지는 것이 비정규적인 일상을 공유하는 것처럼 느껴져서 촛불로 성취할 수 있는 것들을 저 멀리에 놓아두고는 시답잖은 농담을 주고받다가 금세 스러져 잠들었다. 물론 그런 시간도 잠시였다. 이제는 인생에 대해 뭣 좀 안다는 심정으로 촛불 앞에서 종종 생각에 잠긴다.

어둠은 빛을 이길 수 없다, 거짓은 참을 이길 수 없다, 진실은 침몰하지 않는다, 우리는 포기하지 않는다.

빛은 어둠과 함께, 참은 거짓과 함께.

밤에 초를 켜고 앉아 있는 걸 좋아한다. 눈을 감고 가부좌를 틀고 앉아 명상하는 정도로까지 나아가지는 못하나 조동진의 〈항해〉 같은 노래를 들으며 촛불 앞에 앉아 있는 일은 그 자체로도 나 자신을 생각 덩어리로 만들어버린다.

지난날 골방에서 우리는 왜 그렇게 진실하고 싶었던 걸까. 광장에서 우리는 왜 그렇게 용기 있고 싶었던 걸까. 왜 그렇게 촛불 앞에서 부끄러워지고, 왜 그렇게 촛불 앞에서 불완전한 인간이고자 했던 걸까, 모두.

생각해보면 그 시절 우리는 한사코 지혜롭고 싶었던 거였다. 촛불 앞에서 서로의 진실을 공평하게 나눠 가지면서 각자의 삶을 현명하게 구축하고 싶었던 거였다. 그런 삶이야말로 지혜로운 어른의 삶이라고 아무래도 생각했던 것. 아마도 우리는 이제 막 인생의 망망대해에서 항해를 시작한 초보 항해사들이어서 촛불을 인생의 등대로 생각했는지도 모른다. 그때보다 조금 더 나이 먹었을 뿐 지금도 크게 다르지는 않지만.

최근 '촛불 혁명'에서 가장 투쟁적인 장관은 어둠을 밝히는 빛을 증명하기 위해 모두가 불을 끄고 1분간 기다린 후 다시 불을 밝히는 장면이었다. 현장에서 직접 불을 끄고 켜면서도, 집에서 모니터

화면을 통해 그 순간을 지켜보면서도 자주 울컥했다. 다 같이 공평하게 어둠 속에 존재하고, 다 같이 공평하게 서로의 등불이 되어주는 광경은 촛불 앞에서 인간은 얼마나 진실해질 수 있는가를 순식간에 전달해주었다. 그것은 그 자체로 하나의 진실한 메시지였고, 용기의 메타포처럼 보였다.

미선과 효순을 추모하기 위해 시위꾼이었던 선배를 덜컥 따라나섰다가 터덜터덜 집으로 돌아와 제사용 초에 불을 붙이고 시를 쓰려 애썼더랬다. 겁먹었었다. 광우병 촛불 집회에서 경찰들을 피해 달아나다가 애인의 손을 그만 놓쳤을 때 경찰들 사이로 보였던 애인의 분노한 눈빛을 여전히 기억하고 있고, 최근 박근혜 탄핵을 외치며 광장에 섰을 때 몇몇 젊은이들이 광장 한쪽에서 손뼉 치며 〈촛불 하나〉를 부르던 모습이 잊히지 않는다.

2017년은 미선과 효순의 추모 15주기인 해이며, 세월호 참사가 일어난 지 3년이 되는 해이다. 지난 2012년 미선, 효순 추모 10주기를 맞아 제작한 추모비의 이름은 '소녀의 꿈'이고, 세월호에서 돌아오지 못한 304명을 기억하기 위해 매달 한 번씩 304번의 낭독회를 열겠다는 304낭독회는 이번 달로 서른 번째를 맞았다.

촛불은 늘 시작하게 한다. 모든 추모비는 끝났음을 선포하기 위한 것이 아니라 이제부터가 시작이라는 것을 알리기 위한 것이며 304낭독회는 매번 오늘은 4월 16일입니다, 라는 말로 낭독회를 함께 닫는다.

이제 더 잃을 것도 없는/ 고난의 밤은 지나고/ 새벽 찬바람 불어와/ 우리의 텅 빈 가슴으로// 이제 더 찾을 것도 없는/ 방황의 날은 끝나고/ 아침 파도는 밀려와/ 발아래 하얀 거품으로// 끝없는 허무의 바다/ 춤추는 설움의 깃발/ 모든 것 바람처럼/ 우리 가슴에 안으니// 오랜 항해 끝에 찾은/ 상처 입은 우리의 자유

오늘은 촛불 앞에서 생각해볼 수도 있을 것 같다.
애인은 어째서 〈항해〉라는 노래를 좋아하는 걸까.

 〈나, 다니엘 블레이크〉에서 켄 로치는 '항해Sailing by'를 두 번 들려준다. 한 번은 케이티와 그녀의 딸 데이지와 아들 딜런이 다니엘의 집에 처음 찾아왔을 때이고, 또 한 번은 '가난뱅이 장례식'이 열리는 오전 9시.
〈항해〉는 BBC라디오의 기상예보를 위해 로널드 빈지Ronald Binge가 1963년 작곡한 곡으로, 매일 밤 12시 45분에 흘러나와 영국에서는 자장가처럼 인식된다고 한다. 그러니까 켄 로치는 두 번의 자장가를 각각 그러나 같은 이유에서 관객에게 들려준 셈이다. 모두 안녕히 주무세요, 라고.
데이지의 가족과 다니엘 블레이크가 아직 온전한 가구로 둘러싸인 아늑한 집에서 항해를 들을 때 다니엘 블레이크는 이렇게 말한다.

"우리에게도 잠시 쉴 바람이 필요해."

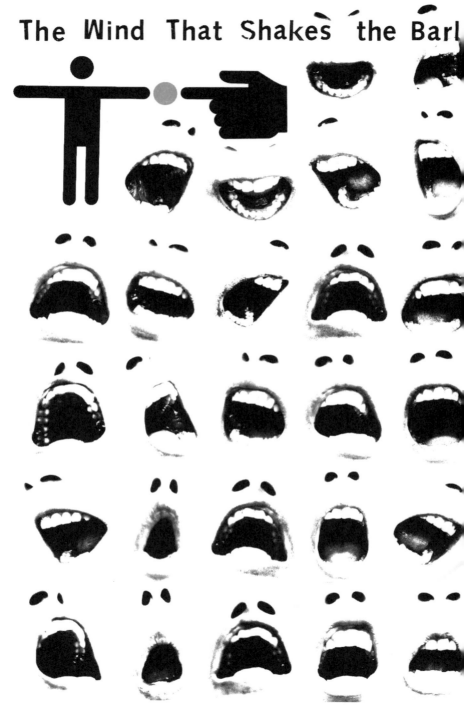

그건 연기할 수 있는 게 아니다

비전문 배우

1

봄비 오는 중.

똑같은 보라색 바람막이를 맞춰 입은 어린 남녀가 카페로 들어왔다. 보험설계사들과 취업준비생들과 백수들로 이루어진 어두컴컴한 세계가 그들의 등장만으로 환해졌다. 둘은 모두가 피했던 카페 정중앙 좌석에 당당히 앉았다. 자신 있는 거겠지. 지금 자신들에게. 투블럭컷을 하고 비비크림을 바른 하얀 얼굴의 남자애가 자리에 앉자마자 돌돌 말린 검은 전지 하나를 여자애에게 건넸다.

나, 쉬하고 올게. 잘 보고 있어.

남자애가 전혀 화장실에 가고 싶지 않은 얼굴로, 어딘가 부끄러움의 한복판을 가진 얼굴로 여자애에게 말했다.

검정색 크로스백을 멘, 앞머리를 일자로 자른 긴 생머리의 여자애가 전지를 받아들고 말갛게 웃었다. 오늘은 둘의 기념일인 듯했다. 백일 정도 됐을까. 남자애가 서둘러 화장실로 가던 중에 무언가 확인하고 싶은 듯 뒤를 한 번 돌아봤는데, 여자애는 이미 전지에 집중

해 있었다. 여자애가 보았어야 할 '그 얼굴'을 여자애는 보지 못하고 엄하게도 내가 보게 되었다. 누군가의 기쁨을 확인하고자 하는 얼굴은 늘 보는 이를 설레게 한다. 남자애에게 말해주고 싶었다.

　걱정 말고 다녀와.

　여자애는 전지에 붙은 투명테이프를 조심히 떼어낸 후에 전지를 차근차근 펼치는 중이었다. 곧 여자애는 화들짝 놀라고 그걸 지켜보던 나는 작게 웃었다. 전지 가득 은색 펜으로 쓰인 편지. 젊은 날 연인의 선물이란 받는 이에게는 큰 기쁨이지만, 받지 않는 사람에게는 시시한 기쁨. 여자애는 이내 주위를 살펴더니 수줍게 웃었다. 여자애는 전지를 아래로 펼치며 읽고 읽은 부분을 다시 돌돌 말았다. 지금 저이가 느끼는 시간은 긴 것일까, 짧은 것일까. 읽어 보지 않아도 알 수 있을 것 같은 내용이라서 나도 잠시 풋풋하였다.

　한 사람과 오래 연애를 하다 보면 종종 연애가 아니라 연애의 감이라는 게 홀연히 그리웠다 홀연히 사라지기도 한다. 바람피울 상대가 아니라 바람이 필요하달까. 지금에야 바람이 필요 없는 표정의 여자애가 전지를 다 풀고 말아갈 때쯤 남자애가 카페로 찰랑, 돌아왔다. 저이는 어디서 무얼 하며 여자애의 시간을 기다려 준 걸까. 그때 그 기다림의 시간은 긴 것이었을까, 짧은 것이었을까. 마주 보고 앉은 어린 연인들이 투명해보였다.

　이걸, 언제 만들었어?

　어린 여자가 기쁨을 감출 새도 없는 싱그러운 얼굴로 물었다.

어제. 좋아?

어린 남자가 거의 기쁨으로만 가득 찬 얼굴로 물었다.

좋아. 근데 마지막엔 쓸 말이 없었나 봐. 글씨가 커졌다. 넓어졌어.

어린 여자가 콕 찔렀다.

남자애가 콕 찔려서 샐쭉한 표정을 지어보였다.

여자애는 아차, 하는 표정을 지어보이더니 연신 좋다는 말을 내뱉었다. 남자애는 어렸고 여자애는 어른스러웠다. 그 순간만큼은. 잠시 후 남자애가 화답하듯 여자애를 콕 찔렀다.

우리, 커플 돈까스 먹으러 갈래?

아차, 방심하고 있었다. 커플 돈까스라는 말을 듣고 두 사람보다 내가 먼저 웃음을 보였다. 둘은 카페에서 괜히 비싼 차를 주문하지 않고 정답게 볼일을 해결한 후에 밖으로 빠져나갔다.

현재에 지혜롭고 참 공평한 것들.

어린 연인의 요즘, 봄비가 온다, 라고 수첩 한쪽에 연필로 메모해 두었다. 그들의 연애는 연필로만 기록할 수 있는 것 마냥. 지우개로 깨끗이 지울 수 있는 것 마냥. 밖으로 나가 봄비를 봐야겠다는 마음, 들썩였다.

2

극장에 가서 기적에 관한 영화를 보았다. 자주 웃고 좀 울었다. 내가 처음으로 바랐던 기적은 어떤 것이었을까? 기억나지 않았다.

내가 처음으로 말했던 어른스러운 말은 무엇이었을까? 역시 기억나지 않았다. 기억할 수 없는 것은 그러므로 끝없이 떠오르는 것.

기적과 성장의 속성에 대하여 생각하게 하는 좋은 영화였다. 착한 영화가 아니라 선한 영화. 그러고 보니 요즘에는 선한 의지가 담긴 영화를 보는 게 좋다. 가령, 작은 개를 구하기 위해 온 마을 사람이 고군분투하는 영화. 그런 영화 앞에서는 언제나 심신이 미약해져서 마침내 눈물을 흘리고 만다. 나이를 먹었나, 나이는 언제나 모두 먹고 있는데….

가끔 인간은 어디에서 무엇으로부터 선한 의지를 배우게 되는 걸까 궁금해지곤 한다. 사랑이라고 하면 어딘가 닭이 먼저인지 달걀이 먼저인지 같고(사랑은 선한 의지의 산물이 아닐까). 부모나 가족으로부터라고 하면 불편하다. 부모가 없거나 부모가 되지 않기로 결정하는 사람들이 있고, 가정을 꾸리고 싶지만, 사회적 합의가 되지 않았다는 말도 안 되는 이유로 가족을 구성하지 못하는 사람들도 있으니까.

종로에서, 집으로 돌아오는 버스에서 조일영 씨의 연락을 받았다.

수연이가 오늘 쉰대. 봉화산으로 오라는데….

오랜만에 일영, 수연과 저녁을 먹기로 했다.

일영은 영업사원치고는 얌전한 사람. 실적제 노동자지만 그는 좀처럼 울분을 내보이지 않는다. 일영은 착실한 근로자다. 수연은 등록금과 용돈을 벌기 위해 끊임없이 알바를 하는 대학생이다. 취업을 위해 수영을 하고 헬스를 하는 튼튼한 여성이다. 얼마 전에는 혼자 아프리카를 다녀왔다. 수연은 키가 작아서 한국 항공사가 아니라 외국 항공사 승무원를 꿈꾸고 있다.

요즘 수연이는 압구정동 호프집에서 오후 여섯 시부터 새벽 여섯 시까지 일한다. 12월에는 단 하루도 쉬어 본 적이 없다. 수연이는 수유리로 오는 와중에도 계속 카톡을 보내왔다. 먹고 싶은 음식의 성질에 관한 것이었는데, 종합해보면 매콤함과 느끼함이었다. 곱창, 떡볶이, 순대국, 냉채족발, 햄버거, 치킨 등과 같은 예가 붙어 있었다. 젊음의 입맛이라고 해야 할까. 야식의 입맛이라고 해야 할까. 밤에 일하는 젊은 사람의 입맛이라고 해야겠지.

그런 수연을 데리고 부러 샤브샤브 음식점으로 갔다. 맵지 않고 담백해서 건강에 좋을 것 같은 음식을 앞에 두고 우리는 청하를 나누어 마셨다. 나와 학창 시절을 제법 보낸 일영은 술을 마실 때마다 그 시절 우리가 어떻게 술을 마셨는지, 무슨 애길 하며 술을 마셨는지, 술에 취해 무슨 짓을 벌였는지를 회고했다. 그때마다

일영은 늙수그레해졌다. 늙수그레해지는 일영의 편한 얼굴이 좋았
다. 한 달 동안 쉬는 날 없이 알바를 한 수연은 입을 열 때마다 일
하는 곳의 사장, 실장, 매니저, 손님 등을 욕했다. 술에 취하지 않고
'존나' '씨발' '짱나'를 연발하는 수연을 거의 본 적이 없어서 낯설었
다. 그때마다 수연에게 술을 따라줬다. 고단한 노동의 흔적이 지워
지길 바라는 마음에서였다. 착취당하는 노동자들은 빨리 늙고 빨
리 거칠어진다.

　일영은 건더기보다는 국물을 자주 떠먹었다. 누린내가 살짝 도
는 고기의 거품을 그대로 후루룩. 맛있게. 수연은 샤브샤브보다는
야채죽을 잘 먹었다. 2,000원을 주고 추가한 것이었다. 예전에 수연
은 고기를 잘 먹었다. 맛있게. 그러므로 내가 샤브샤브 건더기를 많
이 먹었다. 야채도, 고기도. 맛있게. 각자 요즘 자신의 생활에 맞게
음식을 비웠다. 국물을 먹는 삶과 죽을 먹는 삶, 고기와 야채를 먹
는 삶은 얼마나 다른가. 내가 음식 값을 치렀다. 마침 고료가 들어
와 있었다. 음식점에서 나왔다. 셋 모두 배가 불러서 좀 걸었다. 2차
로 갈 술집을 찾아 술집 골목으로 들어갔다. 삐끼들이 많았다. 유행
을 선도하는 이십 대 남녀들이 무리지어 다녔다. 배가 부르니 사케
를 먹자는 수연의 의견을 따라 골목 사거리에 위치한 건물 2층의
일본식 선술집행. 나는 시원한 호프 한두 잔이면 좋을 거 같다 생
각했지만.

　우리 가게에서는 이게 얼마인지, 이게 무슨 맛인지 조잘거리며

수연이, 내가 쏠게라고 말했다. 2만 8000원짜리 샤케와 타코와사비. 나는 조심스럽게 맥주 한 병을 추가했다. 주문 벨을 누른 수연이, 여긴 진짜 알바생들이 뭐하는 거야. 알바생들이 앞치마도 안 하고. 알바생들이 인상이나 쓰고 있고. 저 알바생은 아주 노는구만, 놀아. 압구정 알바생으로서 수유리 알바생들의 알바 자세를 지적하고 비난했다. 일영은 아무 말이 없었다. 나는 알바생들이 불성실하네, 라며 괜히 맞장구쳤다. 착취당한 자의 울분이란 이렇게 무서운 것이구나 생각했다. 수연은 계속해서 압구정동 타코와사비와 수유리 타코와사비의 질적 차이를 이야기했고, 마침내 압구정동에서 먹는 타코와사비처럼 수유리 타코와사비를 먹기 위해 수유리의 알바생을 불렀다. 알바생이 당황해 주방으로 들어갔다. 요리사가 나와 죄송합니다. 그게 준비되어 있지 않네요, 라고 웃으며 말하고는 사라졌다. 나는 요리사가 친절하니까 없어도 괜찮네, 맞장구쳤다. 계속. 수연이가 이번에는 "아니, 아무리 알바생이라도 너무 바쁘고 피곤하면 생글생글 못 웃을 수도 있는 거잖아요"라며 자신이 알바를 하며 겪었던 진상 손님에 관하여 이야기했다. 지금 자신을 향하는 말이었다.

일영과 수연은 사케를 맛있게 나눠 마셨다. 나는 맥주를 홀짝거렸다. 수연은 사케를 마시고 맥주를 한 입. 사케를 마시기 전에 맥주를 한 입. 나도 사케를 두어 잔 마셨다. 일영의 아버지와 어머니가 번갈아 가며 일영에게 전화했다. 일영은 아침 일찍 사무실로 가야 하는 영업사원이니까. 사케를 비웠다. 수연은 취하지 못해 아쉬운 표정으로, 소주를 안 마시니까 꼴라도 안 되고 좋네, 라고 말했다. 일영은 말이 없었다. 12시가 넘었으니까.

수연이 진짜 쐈다.

밖으로 나왔다.

수연의 아쉬움, 일영의 초조함. 나는 무덤덤했다.

오늘은 여기까지 하자.

내가 말했으나, 나다운 짓은 아니었다. 다만, 영업사원 조일영 씨의 내일이 갑자기 걱정스러웠고, 임수연 씨의 압구정동 아르바이트가 어서 끝나기를 바랐다.

집으로 걸어가며 어째서 그런 건지 모르는 채로, 집으로 돌아가면 씻고 아무것도 하지 말아야겠다, 시도 쓰지 말고 책도 읽지 말고 영화도 보지 말고 게임도 하지 말고 인터넷 서핑도 하지 말아야지, 다짐했다. 지금 생각해 보면 그때 나는 그 밤이 일영과 수연의 이야기만으로도 온전해질 수 있다고 믿었던 것 같다.

침대에 누워 멍하니 천장을 보고 있는데, 일영에게 문자가 왔다.

　　　난 씻고 누웠음다—오늘 잘 먹었고 다음엔 내가 맛난 거 사야겠네 ㅋ 푹 쉬십시다—근 나잇

선한 사람.

수연인 잘 들어갔을까. 택시 창문으로 좋다고 손 흔들던 수연이

의 얼굴이 떠올랐다.

미래에 충실하고 참 애쓰는 것들.

3

그때, 두 사람은 봄비 속을 헤치고 가서 커플 돈까스를 맛있게 먹었을까? 편지가 비에 젖어 편지 곳곳이 얼룩지진 않았을까. 여자애는 아직도 그 큰 편지를 간직하고 있을까. 남자애는 아직도 자주 뒤를 돌아보는 사람일까. 둘은 벌써 몇 번의 봄비와 이별을 더 경험했을 터. 둘은 성장했을 것이다.

그때의 조일영 씨는 얼마 전 7년여를 다닌 회사를 스스로 나와 육아휴가 후 복직하는 아내를 대신해 육아에 전념하고 있다. 이제 그는 아내보다 아이의 머리를 잘 묶어주는 지혜로운 남편이 되었다. 그의 전위적인 머리 묶기에 종종 놀라 '좋아요'를 누르곤 한다. 그때의 임수연 씨는 몇 번 진로를 바꾸고 몇 번 이직을 한 후에, 지금은 베트남에서 '외국인 노동자'로 지내고 있다. 그곳에서도 그녀는 꼬박꼬박 한국에 사는 이들의 생일을 축하하는데 여념이 없다. 얼마 전 내 생일에는 휴대전화로 치킨 쿠폰을 보내왔다. 본인이 더 먹고 싶었을 것임에도.

그때의 나는 어쩌다 출근과 퇴근과 야근을 하는 사람이 되었고, 꼭 그 때문만은 아니나 꼭 그 때문에 현미와 돼지감자물과 브로콜리양배추즙을 챙겨먹는 사람이 되었고, 기적처럼 수연이 있는 베트남으로 가기 위해 비행기 티켓을 알아보는 사람이 되었다. 그러나 기적은 기적 같은 거라서 베트남보다는 수유리 성지주택으로 가서 수아를 재우고 일영과 보리와 함께 치킨과 맥주를 마시며 기적에 관해 이야기한다.

사랑과 우정과 성장과 기적과 노동과 생활은 공통의 성질을 가지고 있는데, 혼자서는 결코 이루어지지 않는다는 것이다. 마을 사람들에게 작은 개라는 선한 의지가 없었더라면 작은 개는 구원받지 못했을 것이고, 어린 연인에게 커플돈까스라는 선한 의지가 없었더라면 어린 연인들의 봄은 그렇게 생생하지 않았을 것이다. 그뿐인가. 봄비는 봄에 내리는 비여서가 아니라 봄에 내리는 비를 기다리는 사람들 때문에 봄비이다.

몇 해 전 나는 짧은 영화 한 편을 찍으며 비전문 배우 둘에게 남녀 주인공을 맡겼다. 조일영, 임수연 씨다.

〈영화적인 삶 1/2〉이라는 이름이 붙은 이 괴작을 본 이는 많지 않으나 찍는 내내 나와 두 배우들은 이 영화로 칸에 간다는 '자기암시' 같은 다짐을 하였고, 지금도 여전히 나머지 이분의 일을 찍어서 〈영화적인 삶〉이 완성되기를, 그리하여 레드카펫에 서기를 학수고대하고 있다고, 나는 농담한다. 그때나 지금이나 감독이었던 나보다는 배우였던 둘이 더 욕망에 차 있다. 훗날 영화적인 삶의 절반을 찍게 되다면 일영과 수연의 자연스럽게 퇴화한 얼굴을 그리고 삶에 관한 그들의 메시지, 목소리를 담담하게 담아내는 일이 되면 좋을 것이다.

 비전문 배우를 주로 선발해 영화를 찍는 켄 로치는 그 이유에 관해 다음과 같이 말한다.

"사람은 자신의 계급을 말하는 방식, 태도, 포크를 드는 방식을 통해 그대로 드러낼 수밖에 없다. 그건 연기할 수 있는 게 아니다. 사투리를 연기할 수 없는 것처럼 말이다."

당신은 성실한 사람입니까?

룩킹 포 에릭

2017년 3월 10일 오전 11시 21분, 대통령 박근혜가 파면됐다.

오늘날 민주공화국 대한민국에서 이보다 살아 있는 문장을 쓸 수는 사람은 아마도 없을 것이다. 이보다 살아 있는 '짤' 생산자들은 많다(만세!). 탄핵 선고 이후 토요일 광화문도 살아 있었다. 많은 이가 모여 먹고, 마시고, 노래하고, 몸짓하고, 마침내는 불꽃이 수놓이는 하늘을 올려다보았다. 그때 사람들은 국가의 의사를 최종적으로 결정하는 권력에 관하여 생각했을 것이다. 주권자로서 나는 성실한 사람인가. 이제 국민의 밖이 아니라 국민의 안에 선 박근혜에게 직접 물어보고 싶었을 것이다. "성실의 개념은 상대적이고 추상적이어서 성실한 직책 수행 의무와 같은 추상적 의무 규정의 위반을 이유로 탄핵 소추를 하는 것은 어려운 점이 있기"때문이다.

당신은 성실한 대통령이었습니까?

뜨개질하며 힘든 시간을 견뎌온 세월호 유가족들의 뜨개 전시가 열렸다. 그날은 마침 단원고 2학년 6반 이영만 학생의 생일 모임이 예정된 날이기도 했다. 영만이의 생일은 2월 19일. 나는 영만이의 생일을 맞아 영만이의 목소리로 생일 시를 적었더랬다. 운명적이게도 내 호적상 생일은 2월 19일.

뜨개질은 성실한 행위이다. 자리에 궁둥이를 붙이고 앉아 있는 시간만큼 결과물이 완성되는 것이 바로 그것이므로 뜨개는 두말할 것 없이 시간의 산물이다. 2년 반이 훌쩍 넘는 동안 유가족들이 직조해놓은 시간들은 다양했다. 컵 받침부터 방석, 목도리, 스웨터까지 가지각색의 시간 앞에서 죄송스럽게도 색이 참 곱구나, 라는 생각을 먼저 해버렸다.

아이들을 위하는 마음에서였겠지. 자신들의 마음을 담았다면 저렇게 형형색색으로 다채로운 무늬를 짤 수 없었겠지. 어떤 마음이 유가족들의 두 손을 매주 움직이게 하였을까 감히 짐작해보고 싶었다. 그 두 손의 행위를 감히 성실한 것이라고 표현할 수 있을까 고민해보았다. 그리고 전시장 한쪽에 적힌 "만지고 싶어 죽겠어"라는 글귀를 발견하고서야 나는 유가족들의 두 손이 먹고사는 일에 성실하지 못했다는 것을, 그리하여 아이러니하게도 그들이 살아 있을 수 있었다는 것을 알게 되었다. 나는 그들이 먹고사는 데 성실한 사람이었고, 그들이 그들의 자식을 성실히 먹고 사는 사람으로 키우기 위해 무던히 애썼다는 것이, 또한 그들의 자식들이 자신들의 인생을 아주 특별한 성실함이 아니라 보통의 성실함으로도 길게 꾸려보지 못한 채 돌아올 수 없는 곳으로 갔음이 안타까웠다. 인생에 성실 총량의 법칙이란 게 있다면, 아이들은 오늘날 가장 성실한 사람들이었을 테다.

영만이의 생일 모임은 담담했다.

살아 있지 않은 사람의 생일 초에 무슨 염원을 담을 수 있을까…. 분명히 한 번쯤 생각해보았을 사람들이 아마도 그 어느 때보다도 더 많은 생의 염원을 담아 함께 촛불을 껐다. 영만이 엄마가 아직도 자다가 가슴이 턱 떨어진다는 말씀을 했고, 영만이가 살아생전 어떤 아이였는지를 미주알고주알 이야기했다. 미주알고주알이란 말은 어딘가 가벼워 보이지만, 쓰고 싶다. 자식 자랑을 하는 엄마의 마음이란 그렇게 귀여운 것이니까.

영만이 엄마가 들려주는 영만이에 관한 이야기는 귀에 익었다. 생일 시를 쓰기 위해 영만이의 생활담을 전해 받은 적이 있었다. 그러다 보니 나도 마치 영만이와 영만이의 엄마가 있던 공간에 같이 있었던 듯한 착각이 들었다. 영만이에게 두부 심부름을 시키면, 이라고 영만이의 엄마가 운을 떼면 내가 뒤이어 말하고 있는 것이었다. 영만이는 전속력으로 달려갔다 왔어요. 자랑하려고. 엄마한테. 자기가 이렇게 빨리 엄마가 사오라는 두부를 사왔다고…. 모임 마지막에는 사람들이 한목소리로 영만이를 위한 생일 시를 읽었다. 내가 영만이의 목소리로 적은 시였다. 울음을 참았다. 이렇게 많은 사람 앞에서가 아니라 영만이 엄마 앞에서 울면 안 된다고 생각했는데, 다 같이 울어버리니 와, 하고 울음이 달려 나왔다. 왜 늘 울음은 웃음보다 성실한 걸까.

세월호에서 돌아오지 못한 304명을 기억하기 위한 '304낭독회'는 304회 동안 꾸리는 것을 목표로 하고 있다. 한 달에 한 번씩 304번을 채우기 위해서는 25년이 넘는 시간이 필요하다. 25년 동안 꾸준히 무언가를 한다는 건 어지간히 성실해서는 결코 해낼 수 없는 일이다. 그러나 한 사람이 1년 열두 달을 책임지는 성실함이라면, 스물다섯 명의 동료로도 또 되고야 마는 별것 아닌 일이기도 하다.

나는 304낭독회에서 일꾼으로 일하고 있으나 낭독회에 종종 참여하지 못했고 참여하지 않았다. 어떤 달에는 감기몸살을 앓았고, 어떤 달에는 숙취, 어떤 달에는 헤쳐 나가야 할 원고 마감이, 어떤 달에는 그냥 푹 자고 싶었다. 그러나 나는, 내 생각에는, 대체로 성실한 일꾼이다. 다른 이들은 줄곧 성실했다. 그렇다고 해서 동료들에게 미안한 마음은 없다. 그들은 성실의 뺄셈이 아니라 성실의 덧셈을 아는 이들. 그러고 보면 뜨개질은 얼마나 시간을 더하는 일이며 광장의 촛불은 시간의 녹아내림이 아니라 시간의 축적인 것일까. 연대란 나만큼 너도 해야 한다는 것이 아니라 네가 못하는 만큼 내가 한다는 것이리라.

나는 이제 매년 2월 19일을 내 호적상의 생일이 아니라 영만이의 생일로 기억하기 위해 애쓸 것이다. 기억이란 성실의 뭉치이다. 그러니까 세월호 유가족들이 그리움을 만지기 위해 사용한 것은 아마도 털실의 뭉치가 아니라 저 성실의 뭉치일 것이다.

박근혜 탄핵 이후 마치 기다렸다는 듯이 이루어지는 세월호 선체 인양 과정을 지켜보면서 허탈함과 분노를 느꼈다. 새삼 진실은 늘 성실한 자들의 몫임을 확인할 수 있어 감격스러웠다. 무슨 자격으로인지는 모르겠으나, 세월호 유가족들과 그들과 연대했던 이들에게 속삭여 주고 싶다.

당신은 성실했습니다.

생일 시를 쓰면서, 영만이 덕에 나로서는 듣도 보도 못한 축구 선수 '야야 투레'를 찾아보았다.

녜녜리 야야 투레는 코트디부아르의 축구 선수로, 현재 프리미어리그 맨체스터 시티에서 중앙 미드필더로 활약하고 있다. 영만이로부터 시작했으나 이제 나는 야야 투레가 언제 어디에서 태어나 어떤 시절을 거치며 살아왔는지, 살아가는지 알게 되었다.

켄 로치의 영화 중에서 영만이와 꼭 한 편을 봐야 한다면, 나는 〈룩킹 포 에릭〉을 고를 것이다. 한 사람의 삶이 곁에 있는 사람들 덕분에 슬픔의 한복판에서 기쁨의 한가운데로 옮겨가는 일이란 늘 살아 있는 일이기 때문이다. 그런 일을 생각하면 괜히 축구란 공을 움직이는 이야기가 아니라 사람을 움직이는 이야기인 것처럼 느껴진다.

그러나 저러나 대한민국의 대통령과 함께 켄 로치의 영화를 봐야 한다면 어떤 영화를 골라야 할까.

 〈룩킹 포 에릭〉에서 주인공 에릭 비숍은 자신의 영웅인 축구 선수 에릭 칸토나에게 축구를 하면서 가장 달콤했던 순간이 언제였는지를 묻는다.

"토트넘 홋스퍼 FC와의 경기에서 데니스 어윈에게 공을 패스하던 순간."

골을 넣는 순간이 아니라 패스하는 순간을 이야기하는 에릭 칸토나에게 에릭 비숍은 어안이 벙벙한 얼굴로 그가 골을 못 넣었으면 어쩔 뻔했느냐고 재차 묻는다.

"자기 팀 동료들을 믿어야지…, 항상."

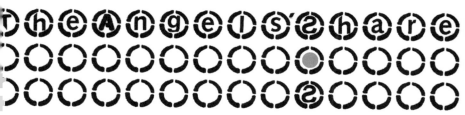

un reve peu en acner un a re

기쁨의 두부고로케★

밤에는 안개 속에 서 있었어요

생각했어요
요즘에는 생각을 많이 해요
이곳에서도 머리카락은 자라고
옷은 작아지니까요

아침에는 엄마
나는 두부
생각해요

왜 있잖아요
그날 엄마랑 나랑 해먹었잖아요
두부를 으깨서
채소를 넣고
동그랗게 빚어서
튀겨 먹었잖아요
막 웃음 나는 두부고로케

그곳에서는
한 번도
두부에 관해 생각해볼 시간이 없었는데

씻을 때는 랩을 해야 했으니까
과학적인 교복을 입어야 했으니까
운동장을 누벼야 했으니까
두 발은 저절로 달려야 했으니까
형한테 맛있는 걸 만들어줘야 했으니까
엄마 옆에서 이불을 뒤집어쓰고 비밀이어야 했으니까
파란색을 보면 마음이 펼쳐져서 다리가 길어졌으니까
그냥 웃기에도 바쁜 나이였으니까

그런데 엄마
나도 나이를 먹긴 먹나 봐요
(이런 말 엄마 앞에서 해서 미안)

안개를 앞세우고 달려나가는 것도 좋지만
두 손을 모으고
서서
안개 속의 풍경을 보는 일도 가슴에 들어와요

생각해볼 수 있으니까요
엄마가 매일 새벽 기도를 나가서
형 대신에 나를 위해 기도하면 어떡하지

엄마는 야근하고 와서도
슬픔의 걸레질을 멈추지 않고
국자마다 눈물을 떨어트릴 텐데
거기에 밥을 말아 놓고 식어버릴 텐데

잘 먹었습니다
잘 먹겠습니다 아들의 말이 적힌 종이가 식탁 위에 없을 때
엄마는
어떻게 엄마답지 않은 표정을 지을까

야야 투레를 보고도 야야 투레를 못 보는 엄마에게
저 선수가 야야 투레야 라고 말해줄 사람은 있을까
(형, 형이 나 대신 엄마에게 잘 말해줘. 형은 언어 천재니까!)

형은 내가 좋아하던 옷을 어떻게 그렇게 잘 알고
이곳으로 모두 보내준 걸까
그 작은 옷을 그 큰 옷을 그 웃는 옷을 그 소란스러운 옷들을

형은 지금도 기숙사에서 공부하는 사람일까
조용한 형은
약한 사람들의 역사를 생각하는 진실한 사람이 되어줄 수 있겠지
형에게도 어린 형이던 시절이 있었고
형은 동생이랑 보드게임도 할 줄 아는 사람이니까

아빠는 지금도
나한테 잘해준 게 하나도 없다고 생각할까
내가 아빠 마음 먹고
날다람쥐처럼 산을 잘 탔던 것도 모르고
(아빠, 엄마 옆에서는 매일 잘해준 게 많은 아빠로 있어 줘)

아빠
나는 아빠 등이 나랑 가까워서
넓은 힘이 났는데
내 등도 아빠에게 가까웠을까

엄마, 봐봐
나 이렇게나 생각이 많아요
어른 되나 봐
엄마, 두부 좋지요?

두부를 가만히 본 적 있지요?
내 생각하면서

김이 모락모락 피어나는
희고 물렁물렁하고
약하고 따뜻하고
살아 있는 거

나 같고
엄마 같고
아빠 같고
형 같고
친구들 같은 거

한 입 먹으면
슬픔이 없어지고
한 모를 다 먹으면
새사람이 되어버리는 거

엄마, 두부를 먹으면 새사람이 될 수도 있다는 게…
생각해보면 엄마, 아빠, 형, 친구들아

두부를 먹을 때마다 새롭게 태어나는 우리는
아무래도 미래를 가진 종족들인가 봐

나?
나는
나에게도 미래가 있어요
엄마, 나도 생각이 있는 사람이에요
이런 말을 하면 엄마는
너는 어쩌면 이렇게 예쁘냐고 하겠죠
봐요, 나 미래 알아요

그러니까 엄마
두부를 먹을 때는
나를 생각해주세요

우리 아들 같다
너는 멀리 있는 게 아니다
나는 엄마의 두 손에
엄마의 두부에
엄마의 된장찌개에
엄마의 시금치무침에

엄마의 불고기에 있으니까

엄마 곁에

아빠 곁에

형들 곁에

친구들 곁에

미래처럼 있으니까

두부고로케처럼 있으니까

엄마, 나 지금 걸어가요

그곳으로

다 모인다고 했으니까

오늘은 혼자 가지 않아요

내 옆에 작고 파란 강아지

이름은 한슬이에요

엄마가 예쁘다고 했잖아요, 그 이름

그곳에서 버려진 강아지라는데

병들어서 이곳에 온 강아지라는데 나는 좋아

나도 처음에는 약한 아이였으니까

한슬이가 다 크면

나도 엄마랑 아빠랑 같은 크기의 마음을 갖게 되면 좋겠어요

그게 내 첫 번째 생일 소원

그리고 엄마

언제 와용?

더는 못 해줘서 미안해

아빠

같이 수암봉 못 가게 돼서 미안해

형

라면에 계란 넣고 끓여주지 못해 미안

친구들아

이 형이 랩 못 들려줘서 미안

나

앞으로는

미안하다는 말 안 들려줄래

마지막으로 모두 미안

자, 그럼 이제

아무도 미안해하지 않기

미안한 눈빛은 속눈썹 뒤로 숨기기

내 두 번째 소원

엄마, 엄마라고 부르면

왠지 두부라고 대답할 것 같은 엄마

여기서 거기까지 안개가 길어요

생일 초에 불을 붙여주면

내가 그 빛 보고 갈까요

가서 얼른

후

불어 끌게요

가면서 생각할래요

나는 기쁨의 생각이니까

나는 기쁨의 진실이니까

나는 기쁨의 트레이닝복

나는 기쁨의 발냄새니까

나는

기쁨의 생일케이크

기쁨의 우주과학자

기쁨의 쇼미더머니

나는

기쁨의 2월 19일

나는

기쁨의 영만이니까

(모두 지금 소리 질러!)

★   영만아, 엄마야. 꿈에서 볼 때마다 엄마가 먼저 헤어지자고 해서 미안해. 엄마는 영만이한테 심부름도 시키고 쓰레기봉투도 버리고 오라고 하고 싶은데, 엄마 혼자 부엌에 있는 거 싫은데, 엄마도 몽환의 숲 다 아는데, 엄마가 영만이가 두부 사러 뛰어가는거 베란다에서 끝까지 진짜 끝까지 지켜봤는데, 아빠도, 영수도 영만이 때문에 많이 웃었는데. 영만이 잊지 않을게. 나중에 꼭 만날게. 우리 아들은 우주를 아는 사람이니까. 저기 뜬 저 별이 우리 아들이 만든 별이라고 생각할게. 이길게. 웃을게. 기뻐할게. 엄마는 안 먹어봐도 저 별이 무슨 맛인지 알아. 우리 아들이 한 건 무조건 맛있으니까.

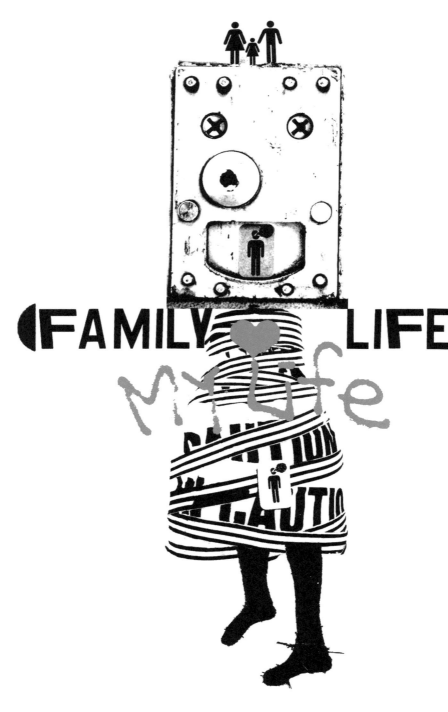

생활이 그대를 속일지라도

가족생활

2012년 3월 3일 오전 0시 48분

일찍 잠자리에 들었다. 여러 가지 사정이 있었다. 사무와 회의와 연애와 시간과 돈. 뒤숭숭한 생각 끝에 설핏 잠들었을 때, 휴대전화가 울렸다. 어머니였다. 받지 않았다.

오늘, 어머니는 오래전부터 계획한 가족여행을 실현하지 못했다. 여러 가지 사정이 있었으나, 어머니는 여행을 못 가게 되었으니 서울에 있는 아들이라도 고향에 내려오길 바랐다. 나는 거절했다. 예견했다. 어머니는 오늘 밤 아들에게 전화할 것이다. 잠잠하던 휴대전화가 다시 울렸다. 생각 끝에 전화를 받았다.

아들아, 생활이 그대를 속일지라도 슬퍼하거나 노하지 마라, 라는 푸시킨의 시가 있지?

어머니에게 무슨 일이 있었던 걸까.

네.

거 봐, 있다고 하잖아. 아들아, 잠깐만. 아버지 바꿔 줄게. 애기 좀 해.

맞아?

네.

아, 아빠가 졌다. 난 네 엄마가 엉터리인 줄 알았지.

오늘 밤 어머니와 아버지는 어머니가 기억하고 있는 문장이 푸시킨의 것인지, 아닌지에 대해 내기 중이었다. 어떤 사정이 있었던 걸까. 가족여행을 가지 못한 부모님의 일상이 어떻게 전개되었을지 내심 궁금했다. 결혼한 딸자식과 타지에 나가 돈 버는 아들자식을 둔 두 노인의 생활이란 어떻게나 단출해질 수 있는지 짐작해 보았다. 그런 삶을 미래라는 제목으로 시로 옮길 수 있지 않을까 싶기도 했다. 그 미래는 아마도 나의 이야기일 것이다.

아들아, 생활이 그대를 속일지라도 슬퍼하거나 노하지 마라, 푸시킨의 시지? 응? 푸시킨?

네.

아들아….

네.

아들아….

네.

아들아….

제가 알아서 할게요.

아들아….

오늘 밤 아버지와 함께 식사하며 반주를 나눈 어머니는 잠에서 깬, 인상을 쓴 아들의 목소리를 알아듣고는 걱정이 된다고 했다. 그러나 내 편에서야말로 아들로서가 아니라 인간으로서 어머니가 걱정스러웠다. 어머니와 아버지에게도 여러 가지 사정이 있었을 것이다. 저렇게 늙기까지…. 어머니와 아버지는 시간 앞에서 예나 지금이나 무방비 상태다. 두 분은 조만간 시간에게 모든 걸 빼앗기고 빈털터리가 될 것이다.

조심하세요, 시간이 모든 걸 앗아갈 거예요.

누군가 그들에게 진실을 알려줬어야 하지 않았을까. 양육의 결론이란 잔인하기도 하다는 걸. 젊어서 사랑을 하고, 결혼을 하고, 가정을 이루고, 부모가 되고, 마침내 자신을 잃는 이야기를 그들은 들어보기나 했을까.

어머니와 아버지가 오랜 시간 이룩하려고 꿈꾸었던 것과 이루지 못한 것과 앞으로 계속 실패하게 될 것들을 떠올려 보았다. 그건 모든 어른에 관한 것이었다. 어머니와 아버지는 시국이라는 말 앞에서도, 역사라는 말 앞에서도, 인권이라는 말 앞에서도, 안전하고 무지하다. 안전한 무지. 그런 걸 생각할 때면 여지없이 서울시청 앞에서, 청량리역 앞에서, 차별과 혐오와 대량해고 같은 것들에 한패가 되어 구호를 외치는 이들이 자연스레 떠오르곤 한다. 나의 삶이 그들로부터 위협받기 때문이다. 그들에게도 여러 가지 사정이 있을 것이다. 그렇게 망가지기까지….

어머니와 아버지는 더 망가져 갈 것이다. 부모들은 대개 자식과 상관없는 삶을 전혀 예상하지 않지만, 자식들은 종종 부모와 상관없는 삶을 예상하기도 한다. 이 두 삶의 틈새가 클수록 부모들은 위협감을 느끼지만, 자식들은 안전해질 수 있다.

답답하니?

어머니는 아들에게 말하며 자신에게 되묻고 있었다.

답답하세요?

어머니의 모든 문제는 아들에게 있다. 어머니는 모든 것이 남들 같지 않은 아들로부터 시작된 것이라고 믿는다. 어머니는 아들을 끔찍하게 사랑한다. 사랑하는 아들이 어머니의 뜻대로 살아주지 않는 것, 그것이 어머니의 모든 문제다. 늙어가는 어머니에게 이제 더는 어머니의 문제란 없다. 어머니에게 남아 있는 것은 아들의 문제다. 아들이 취직하는 것, 아들이 결혼하는 것, 아들이 자식을 만드는 것, 아들이 집을 사는 것, 아들의 자식이 유치원에 가고 학교에 가는 것, 아들이 회갑연을 해주는 것, 아들이 남들 같은 아들이 되고 남들 같은 아들이 되지 않는 것. 모든 어머니는 자식을 낳는 순간부터 자신의 삶을 잃기 시작한다.

요즘 나의 삶이란 어떠한가.

부모는 자식이 잊을 만하면 이런 생각을 하게 만든다. 그러나 나의 삶은 늘 미화된다. 읽는 이가 있음을 고려한 모든 고백은 결국 미화될 수밖에 없다. 미화되는 고백. 그런 걸 생각하면 자연스레 내가 그리고 나의 부모가 어떤 한계에 다다라 있었던 때가 떠오른다. 어머니는 젊었고, 아버지는 현역이었고, 자식은 학교에서 배우지 못한 걸 배우는 중이었다.

아들아, 엄마는 걱정하지 마. 아빠가 다 알아서 할 테니까.

그렇지만, 아버지.

그날, 아버지는 술에 취해 아들을 붙잡고 울고불고하는 어머니를 두고 다른 곳에 가 계셨습니다. 어머니를 간신히 거실에 뉘이고 불 꺼진 안방으로 들어갔을 때, 아버지는 침대에 걸터앉아 검은 그림자로 제게 말씀하셨습니다.

어디 가서 집안 망신시키고 다니지 마라.

그때 부모와 자식은 상황을 시작했습니다.

그런데 요즘 들어 왜 이렇게 술을 자주 드세요?

아니다, 그런 거.

아니긴요, 며칠 전에도 술 드시고 전화하셨잖아요.

그건, 또 일이 있었고.

술 좀 적게 드세요.

그래, 미안하다.

미안하다. 아버지는 아들에게 사과한다. 모든 아버지는 아들에게 왜 사과하는가.

아버지는 퇴역이다. 이제 아버지의 모든 문제는 아버지에게 있다. 아버지는 남들 같지 않은 아들의 문제가 아버지에게서 온 것이라 믿고 있다. 아버지는 아들을 끔찍하게 사랑한다. 사랑하는 아들이 아버지의 뜻대로 살아주지 않는 것, 그것은 아버지의 모든 문제이다. 퇴역한 아버지에게 더는 아들의 문제란 없다. 아버지에게 남아 있는 것은 아버지의 문제이다. 아들이 취직하지 않는 것, 아들이 결혼하지 않는 것, 아들이 자식을 낳지 않는 것, 아들의 며느리와 손자를 볼 수 없는 것, 아들이 집을 못 사는 것, 아들이 성공하지 못하는 것, 아들에게서 대가 끊기는 것, 아들이 남들 같은 아들이 되는 것, 아들이 남들 같지 않은 아들이 되는 것. 모든 아버지는 자신의 노동력을 상실하는 순간부터 스스로 자신의 삶을 잃는다.

어쩔 수 없이 자신을 잃어가는 남자의 기묘한 술버릇 이야기를 빠뜨릴 수 없을 것 같다.

아버지는 술에 취하면 아들이 살아온 이야기를 자신의 편에서 다시 썼다. 아들의 삶을 각색하는 아버지의 삶. 아버지에 의하면 아들은 명문대를 갈 수 있었으나 시험을 망친 사람이며, 돈을 많이 준다고 하는 직장을 마다하고 하고 싶은 일을 하는 사람이며, 입대 전 은행장 아버지를 둔 아가씨를 사귄 사람이다. 아버지는 아들의 과거사를 허구로 날조하며 아들의 비정상적인 삶을 거부했다. 그러고 보면 정상적인 가족사란, 부모들의 역사를, 자식들의 역사를, 자신들의 역사 속에 삽입시키기 위해 수정하고 첨가하고 삭제하여 만들어진 것에 불과할지도 모른다.

서로의 역사를 갖는다는 건 그렇게나 음란한 일입니까.

박 대통령에게라도 묻습니다.

전체를 보면 부끄럽습니까?

모든 자식은 어머니와 아버지의 이야기를 쓴다. 마치 객관적이라는 듯이. 마치 냉철하다는 듯이. 마치 다 안다는 듯이. 그렇지만 정작 자식들은 자신의 이야기를 쓰지 않는다. 미화될까 봐? 아니다. 벌써 자식들을 둘러싼 모든 이야기는 자식들의 편에서 미화되어 있다. 모든 문제는 나로부터 비롯된다. 나의 이야기를 써야 한다. 그 수도 없는 나의 총합으로서의 역사. 그렇지만 나는 안다. 이 모든 가정사는 어머니와 아버지가 혹은 자식이 죽기 전까지는 풀리지 않을 것이다. 다만, 우리는 기다리고 있다. 누구에게든 정정당당한 죽음의 역사가 먼저 당도하기를.

삶이 남아 있을 때만이라도 보건에 힘써야 한다.

자, 진실을 만들어 먹자.

생활이 그대를 속일지라도 슬퍼하거나 노하지 말라

그런데 어머니는 어디서 푸시킨의 시를 읽은 걸까.

무엇이 어머니로 하여금 저 문장을 기억하도록 한 것일까.

그러나 망설임 없이 밝혀두고 싶다.

나는 착실한 부모에게서 깊은 사랑을 받았고, 그것은 지금도 변함이 없다. 나와 내 부모 사이에는 그저 서로에게 말 못 할 것들이 쌓여 있었다.

나는 이제 부모와 가족생활을 하지 않는다. 부모도 나도 자립했다. 나의 자립생활은 부모로부터 때마다 쌀과 김치를 받는, 여전히 부모의 영향권에 있는 생활이지만 부모의 자립생활은 자식으로부터 아무것도 얻지 못하는, 그리하여 다른 의미로 자식의 영향권에 있는 삶이다.

그리고 이제 나는 정상가족을 생각하는 삶을, 부모는 정상가족을 생각하지 않는 삶을 살고 있다. 부모는 자식을 죽을 때까지 생각하고 자식은 부모가 죽어야 부모를 생각한다고 한다. 자식의 편에서든 부모의 편에서든 맞는 말이다. 하지만 나는 언젠가 악에 받쳐 부모에게 이렇게 말한 적이 있다.

엄마, 아빠가 먼저 죽을지 내가 먼저 죽을지 어떻게 알아?

그때는 내뱉은 말을 주워 담을 수 없다고 믿어버렸지만, 지금은 내뱉은 말을 주워 담고 싶다. 2012년 3월 3일 오전 0시 48분 이후 나는 부모의 나이에 더 가까워졌다.

 〈가족생활〉은 켄 로치의 초기작이다. 그의 작품 중 가장 엄격하고 가혹한 영화로 꼽힌다.

"자, 여기, 행복한 가정과 부모의 관심 아래 문제없이 살던 한 여성이 있습니다. 그녀에게 도대체 무슨 문제가 있는지, 전 그녀의 치료에 실패했습니다. 자, 여러분, 재니스를 보실까요?"
재니스, 초점 없는 눈동자로 등장해 의자에 앉는다.

'정상가족'이라는 환상에 대한 냉엄한 실상을 재현한 1970년대 영국 드라마는 가족이라는 공동체, 정상가족으로 대변되는 부모 세대의 가치가 어떻게 공동체 구성원 개개인의 인격을 몰살하고 이후 세대의 가치관과 삶을 억압하는지를 극단적으로 보여준다.
영화의 마지막 더는 '가족이 아닌 얼굴'로 관객 앞에 전시되는 재니스의 얼굴은 가장 빨리 미화되고 가장 느리게 진상이 밝혀지는 가족에의 환상을 차분히 마주하게 한다.

free
Nation

잡부 공사하
철거

37-07

It's a
free
World...

수습하며 사는 기쁨
자유로운 세계

이런 일도 있었다.

아침에 눈을 떠 시계를 보니 오전 8시였다. 아차. 지금 출발해도 지각이라는 생각에, 그러나 포기하지 않고 허둥지둥 욕실로 들어가 얼굴에 물을 묻혔다. 토요일이었다. 다시 방으로 들어와 누웠다. 새삼 출근과 지각을 아는 몸이란 뭘까 생각하게 되었다. 그런 몸은 정신머리를 어디에 두고 있는 것일까.

새로운 곳에서 일을 시작한 지 두 달이 되었다. 새로운 사람들을 만나 새로운 일을 시작했지만, 모두 오래고 익숙한 일처럼 느껴진다. 이곳에서는 하고, 하면서 배우고, 배우면서 한다. 기획자의 일이란 일단 현장 투입. 삼십 대 중반까지 나름 쉬지 않고 쌓은 눈칫밥 경력이 있어서 이렇게 저렇게 눈 가리고 아웅할 때 동료 직원 이지영 씨가 장난끼 섞인 목소리로 말했다.

이런 수습사원 같은 이라니.

회사 인트라넷으로 업무를 주고받으면서, 대형복사기 카트리지를 교체하는 법을 배우면서, 회사 주변 맛집을 꿰고 있는 동료 곁에서 밥을 먹으면서, 새삼 오래된 수습사원이란 뭘까 생각하기도 하였다. 수습사원이란 몰라서 배우는 사람. 몰라서 배우는 사람이란 적응하는 사람. 적응하는 사람이란, 옆에서 이것저것 가르쳐주는 동료를 보며 배워서 가르치는 사람. 잘 배워야지 하면서도 딱히 뭘 배우고 있는 건지 잘 모르겠고 그런데 지나고 나면 뭔가 배운 사람.

오랜만이었다. 나도 잘 배워서 일하고 싶었고 배우지 않은 걸 누군가에게 알려주는 사무원이 되고 싶었다. 직장동료의 힘이란 역시 그런 사람이 되도록 마음먹게 해준다는 것. 수습사원이란 사무를 배우는 사람이라기보다는 곁에 있는 동료를 배우는 사람이다. 이제는 오래되어 가물가물하지만, 출퇴근을 글로 배운 시절에도 역시나 가장 먼저 동료의 출퇴근을 걱정했었던 것 같다. 하루쯤 동료를 대신해 야근을 해줄 수도 있으리라 마음먹기도 하는. 수습의 기간이란 역시 그런 마음을 먹을 수 있음을 준비하는 기간이다. 나보다 먼저 수습사원이었을 이들에게 고마워할 줄 알 때 우리는 비로소 초보 사무원 딱지를 떼게 되는 건 아닐까.

하지만 경력 수습사원으로서도 역시 가장 고마운 건 통장으로 꼬박꼬박 돈이 들어오는 일이다. 일하지 않고 꼬박꼬박 받는 돈은 정말 좋은 것이지만, 일해서 꼬박꼬박 받는 돈이란 정말 기쁜 것이다.

그 돈을 두고 여러 사람에게 해줄 수 있는 걸 떠올렸다. 뒤늦게 스스로 임신과 출산을 선택한 오랜 벗에게 소고기를 보내고, 오랜 짝꿍에게 도라지 배즙을 사주고, 남이 아닌 나를 위해 봄 외투 한

벌을 쏙 장바구니에 넣어보기도 하고, 부모에게 돈을 보낸다(그런데 부모에게 계좌번호를 알려달라는 말은 누가 언제 어떻게 수월히 하고 있는 걸까). 그런 생각을 하다 보면 꼭 일을 열심히 해야겠다는 생각보다는 일을 즐겁게 하자는 생각이 들곤 한다. 일하는 즐거움이란 먹고사는 즐거움이고 먹고사는 즐거움이란 인생의 즐거움. 그러나 이런 생각을 하는 와중에도 아침에 눈을 뜨면 어김이 없다.

오늘 회사 가지 말까?

글 쓰면서 일하는 삶이 아니라 일하며 글 쓰는 생활에 익숙하다. 최근까지도 나는 종종 광장이나 투쟁현장에 있었고, 대개는 집과 사무실에서 시간을 보냈다. 광장에서도, 현장에서도, 집에서도, 사무실에서도 시는 쓰였다. 광장에서는 광장을 벗어난 시를, 현장에서는 현장을 떠난 시를, 집에서는 집과 멀어지는 시를 쓰려 했다. 사무실에서는 사무적일 수밖에 없었다.

돌이켜봐도 시만 쓰고 살겠다고 생각한 적 없다. 시 써서 먹고 살겠다고 생각한 적 없다. 시로 돈을 벌고 싶다는 생각은 왕왕 했고, 시답지 않은 글을 쓰며 돈을 벌기도 했다. 많은 돈은 아니었다. 밥벌이하며 시 쓰고 등단한 지 8년, 현재 통장 잔액은 2000만 원이다. 많은가, 적은가. 어느 쪽이든 대한민국의 일이다. 세계적인 자본의 일이다. 등단 10년 만에 1000여만 원을 모으는 사람을 생각한다. 문학 앞에서 정당한 돈을 요구하는, 그러한 시대를 나는, 우리는 살고 있지 않다.

　얼마 전 한 원로 작가가 후배들을 앉혀놓고 어떻게 돈을 바라고 글을 쓸 수 있느냐고 쓴 소릴 했다고 전해 들었다. 송구스럽게도 나는 돈을 바라며 글을 쓰고 싶다. 그렇게 바라도 되지 않고, 그렇게 바라지 않아도 되지 않는다면 차라리 바라며 살고 싶다.

　광장으로, 현장으로, 집으로, 사무실로 갈 때도 나는 온전히 예술가였고, 시인이었고, 노동자였다. 아마 하루 두 끼를 먹지 못했더라면 나는 시를 쓰지 않았을 것이다. 하루 두 번 밥상머리에 앉지 않았다면 나는 연대하는 사람이 되지 못했을 것이다. 하루 한 번 잠을 청하지 않았다면 나는 예술에 침을 뱉었을 것이다. 먹고살기도 바빠

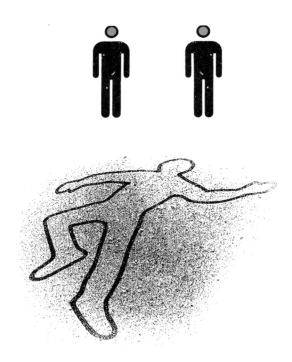

죽겠는데 시는 무슨, 이라고 말하는 사람이 되었을 것이다. 그러니까 나는 시 한 편으로 단돈 3만 원을 버는 사람으로서 자랑스럽다. 글로 전세금을 모아보겠다는 사람을 존중하고 싶다. 시나 소설이 돈이 되는 세상은 지나갔다. 그 세상이 지나갔기에 어쩌면 시는, 시인은, 예술은 새로운 국면을 맞은 건지도 모른다. 그 국면에서 터져 나오는 것들을 시는, 시인은, 나는 기다린다. 아시다시피 돈을 미끼로 국가적 차원에서 시나 소설에서 작가 의식을 없애는 시대가 아닌가.

그러나 대통령 박근혜가 파면되었다는 소식을 회사에서 동료들과 함께 보고 들었다.

언제나 그렇듯 통장에 월급이 들어오기로 예정되어 있는 날에는 출근 시간이 10분은 더 빨라진다. 나보다 먼저 나와 있는 동료들을 보면 저이들은 얼마나 즐거운 생각으로 사무실에 온 것인가. 파이팅하고 싶어진다. 받는 즉시 사라지는 게 월급임을 우리 모두 알고 있지만 받은 만큼 일하고, 일한 만큼 받는다는 건 얼마나 간단한 사무의 법칙인가. 그런 법칙을 떠올리면 언젠가 들었던 사측의 이런 말이 생각난다.

주는 사람은 늘 많고 받는 사람은 늘 적죠.

그러나 그런 말을 들은 일터에서는 언제나 열심히, 즐겁게, 일하지 않았다.

오늘은 이런 일도 있었다.

오전 회의를 마치고 동료 지영이 언제 수습이 끝나느냐고 물어왔다. 내가 언제라고 하자, 그날은 점심 약속을 잡지 말라며, 자신이 밥을 쏘겠다고 말했다. 복 중에 복은 사람 복. 수습사원이란 무엇보다 수습이 끝나는 날 회식을 기다리는 사람. 수습하며 사는 삶에 관하여 생각한다. 끝나는 기쁨이 있다면 시작하는 기쁨 또한 있을 것이다.

 〈자유로운 세계〉에서 부당 해고를 당한 계약직 사원 앤지는 자신의 회사를 차리고 이주노동자들을 고용하는 고용주가 된다. 불과 얼마 전까지만 해도 피해 노동자였던 이가 사측의 이익을 위해 (노동자로서 누리지 못했던 삶을 보상받기 위해) 어떤 불법을 자행하고 노동자들을 착취하게 되는가를 보여주는 영화를 통해 켄 로치는 노동시장 유연화를 통한 기업 이윤의 극대화와 복지재정의 축소로 재정 적자를 줄이는데 혈안이 된 시대에서 누군가의 '생존'이 어떻게 도덕적이 아니라 사회·구조적으로 점검되어야 하는지를 우리에게 묻는다. 그의 영화는 보는 이에게 요청한다.

"그들의 애인이, 그들의 가족이, 그들의 친구가, 그들의 동료가 되어 보십시오. 그러니까 그들이 되어 보세요."

이때의 되어 보기는 나라면 어떤 선택을 했을까, 라는 가상체험이면서 동시에 나는 과연 어떤 세계에 살고 있는가를 되돌아보는 현실 체험이다.

무무, 모모 그리고 나

폴 래버티

사과에도 기술이 있다. 있을 것이다. 생각보다 복잡하겠지만, 생각처럼 복잡하지 않은 게 또한 사과의 기술이다. 사과는 단순하다. 잘못한 것을 잘못했다고 하고, 미안한 것을 미안하다고 하면 된다. 그런데도 사과는 늘 어렵다. 뒤늦다. 몰라서 못 하는 일도 있지만 알고도 못 하는 일이 있다. 내게 사과는 후자에 속하는 일 같다. 아, 하면 어, 대신 일단 으응? 부터 하고 보는 건 분명 내 소갈머리의 문제일 테다.

최근 한 사람에게 때를 놓친 사과를 했다. 여행지에서 다투고 돌아와 두 번 다시 보지 않던 무무 씨였다. 지금 생각해 보면 별것도 아닌 일이었는데, 당시의 나는 상대방이 이해되지 않았고, 이해할 수 없으므로 내 입장에서 상대의 속마음을 재단했다. 이후로는 걷잡을 수 없이 마음이 꽁해졌고, 꽁한 마음은 무무와 모모 씨를 향한 화로 바뀌었다. 모모는 나의 오랜 친구이자 무무의 애인으로 나는 둘의 교제를 적극적으로 응원하며 그들을 연결한 사람이었다.

모모는 애인 무무의 편이었다(당연하잖은가!). 괘씸했다. 둘 다.

ein
mensch
ist
illegal

이후로 나는 무무와 모모를 깔끔하게 내 친구 목록 밖으로 내보냈다. 아쉬울 것이 있었지만, 없고자 하면 없을 것도 같았고, 실제로도 그랬다. 사람 마음이라는 게 얻기는 어려워도 버리기는 쉬웠다.

그런 무무와 모모가 결혼하게 되었다는 소식을 들었다. 연락이 끊어진 지 두어 해 만이었다. 어디 잘 사나 보자라는 마음이 들 법도 한데, 왜인지 둘이 잘 살았으면 좋겠다는 마음이 먼저 들었다. 누군가는 그런 마음이 반어적인 것이라고 했고, 누군가는 늙어 그런다고 했고, 누군가는 대인배인가? 의문스러워했고, 누군가는 좋은 사람 콤플렉스에서 나오는 거라고 했다. 다 맞는 것 같았는데, 다른 하나가 더 있었다. 이제 사과할 때가 되었구나, 하는 시차의 마음이었다. 사과는 타이밍. 더 생각할 것도 없이, 그런 마음은 생각할수록 어려워진다. 연락처를 수소문했다. 문자를 보냈다.

조금 더 일찍이었다면 좋았을 것 같은데… 그때나 그 이후나 내가 옹졸했다. 사과할게.

사과에는 일방통행이라는 게 있을 수 없다. 준비 없이 일방적으로 전해오는 한쪽의 이성적, 감정적 호소는 얼마나 피곤한 일인가. 무무에게 사과를 전하며 나는 조심스레 덧붙였었다.

너의 편에서 거북스러운 연락일 수도 있을 텐데….

얼마 뒤 무무에게서도 답장이 왔다.

나는 가벼운 마음도 무거운 마음도 되지 못했다. 뭐라고 해야 할까. 그 마음을. 당연한 마음이라고 이름 붙인다면 어떨까. 사과하고

사과를 받는 두 사람의 마음을. 무무의 답장이 진심이길 바라나 진심이 아니라도 어쩔 수 없다. 사과는 받는 사람의 것이기 때문이다.

한편 기대했으나 모모에게서는 별다른 연락이 오지 않았다. 모모에게도 한번 연락을 해볼까 하다가 그만두었다. 그렇게 오랜 세월을 알아오고도 모모가 나를 자신의 친구 목록에서 내보냈을 때는 자기 뜻에서 받아들일 수 없는 나의 어떤 지점이 있어서 일 것이다. 모모는 정말 착한 사람이니까 아마도 이번에도 역시 내가 먼저 사과해야 하리라.

결국, 나는 둘의 결혼식에 초대받지 못했다. 다행이었다. 무무와 모모 씨가 자신들의 결혼식에 나를 초대했다면 그리고 내가 그 초대에 응했다면 우리는 얼굴을 맞대고 더 잘 사과하기 위해 애썼을 것이므로. 결혼식은 화해를 애쓰는 장소나 시간이 아니라 화해를 기대하는 장소이자 시간이다. 친구들이 실시간으로 전해오는 무무와 모모의 결혼식 사진을 보면서 애틋하면서도 얄궂은 마음이 들었다. 어느 때보다 해맑은 무무와 모모의 얼굴을 보면서 '그렇게나 좋냐!'라는 마음이 들지 않았다면 거짓말. 사과는 하면 되는 게 아니라 하고 나서 되어야 하는 거다. 사과하면 장땡이냐는 말은 사과를 받는 사람의 소갈머리에서 비롯되는 것이기도 하나 사과하는 사람의 소갈머리를 돌아보게 하는 말이기도 하다.

자주는 아니나 종종 친구들의 부탁을 받아 결혼식에서 축시를 읊었다. 최근에도 한 결혼식에서 축시를 읽었는데, 각자가 가진 다른 사랑을 앞으로 두 사람이 나누어 갖길 바란다는 시였다. 아마도 무무, 모모와 내가 친한 관계를 유지했더라면 나는 그들의 결혼식에서 축시를 낭독하게 되었을지도 모른다. 그리고 그때 나는 그들에게 청유했을 것이다.

함께 일하지 말고 함께 쉬지 말며 함께 이룩하지 말고 함께 부서지지 말며 함께 머물지 말고 함께 떠나지 말며 함께 사과하지 말고 함께 화해하지 말며 함께 버림받지 말고 함께 남겨지지 말라고.

모든 결혼식은 지금까지를 위한 것이 아니라 지금부터를 위한 것이다. 결혼은 사랑의 뿌리가 될지언정 사랑의 열매가 되지는 못한다. 모든 사과는 지금까지를 위한 것이 아니라 지금부터를 위한 것이다. 그러나 사과란 지금부터 관계의 뿌리를 새로 내려 보자는 것이 아니라 지금부터 관계의 썩은 뿌리를 잘라내 보자는 전언이다. 그러므로 결혼보다 사과가 어렵고 결혼보다 사과가 더 많은 실패를 경험한다. 이제 무무, 모모 그리고 나와의 관계에는 뿌리가 없다.

 폴 래버티는 스페인 내전을 다룬 영화 〈랜드 앤 프리덤〉에 단역으로 출연한다. 이를 계기로 켄 로치와 폴 래버티는 영화를 함께 만드는 동료, 친구가 된다. 주로는 폴 래버티가 영화에 관한 아이디어를 먼저 제공하는데, 그렇게 만들어진 영화가 〈칼라송〉〈내 이름은 조〉〈빵과 장미〉〈스위트 식스틴〉〈다정한 입맞춤〉〈티켓〉〈보리밭을 흔드는 바람〉〈자유로운 세계 〉〈앤젤스 셰어〉〈지미스 홀〉〈나, 다니엘 블레이크〉 등이다. 켄 로치와 폴 래버티는 자신들의 협업이 '대화, 찾아보기, 재창조Talk, Research, Recreation'라는 과정을 거친다고 말한다.

두 사람이 가지세요

드디어 오늘입니다

두 사람은 오늘도
서로 다른 사랑을 맹세하려고 할 겁니다

저는 두 사람이
다른 사랑을 가졌다는 걸
축복하고 싶습니다

그는 긴급한 사람으로서
사람을 구하는 사랑을 생각할 겁니다
그의 하루 대부분을 움직이게 하는 그것을요

그녀는 책을 가까이 두는 사람으로서
사람을 읽는 사랑을 생각할 겁니다
그녀의 하루 대부분을 조용하게 하는 그것을요

그는 밤에 익숙한 사람으로서

올빼미의 지혜를 길잡이로 삼는 사랑을 생각할 겁니다
그의 논리가 흑백이 되지 않게 하는 것을요

그녀는 아침에 익숙한 사람으로서
일찍 벌레를 물어오는 뱁새를 존경하는 사랑을 생각할 겁니다
그녀의 노동이 밥벌이가 되지 않게 하는 것을요

그는 그녀를 맞이하는 사람으로서
그의 사랑을 의심하게 될 겁니다
그녀의 사랑이 의심받지 않게 하기 위해서요

그녀는 그를 맞이하는 사람으로서
그의 사랑을 궁금해하게 될 겁니다
그의 사랑이 정답이 아니라 질문이 되게 하기 위해서요

두 사람은 이제 한 집에서
함께 먹고 함께 자고 함께 포옹하며
대한민국은 민주공화국이다
대한민국의 주권은 국민에게 있고, 모든 권력은 국민으로부터 나온다
박근혜 퇴진을 외치고
차별과 혐오에 반대하는 사람들로서

두 사람의 사랑을 서로에게 청유하게 될 겁니다

청유하는 사랑에

미래가 있음을

두 사람은 실천합니다

그러니 오늘입니다

두 사람은 서로 다른

사랑을 맹세하고 사랑을 다 가지세요

가끔 한 이불 속에서도

손부터 잡을지

발부터 맞댈지를 고민하는 부부란

참 사랑스럽지 않겠습니까?

귀엽고 강한 우리

지미스 홀

공동체에 관해 글을 쓰려고 하면 꼭 공동체가 어떻게 이룩되는가보다는 공동체는 어떻게 무너지는가에 대해 적고 싶어지곤 한다. 비관적인 이야기가 아니라 부정함으로써 긍정하게 되는 이야기에 관해서다. 최근까지도 마을 공동체 활동에 열중하고 있는 이에게 공동체에 관한 글을 써야 하는데, 당신은 어떤 공동체를 원하느냐고 물었다. 그이는 주저 없이 "공동체가 사라진 공동체"라고 말했다. 말장난 같은 그이의 말은 곰곰 생각해볼 만한 것이었다.

나는 두어 해 동안 마을에서 활동가로 생활하며 많은 이가 정이 살아 있던 마을을 되살리기 위해 고군분투하는 것을 보았다. 지역 풀뿌리 운동으로 활동을 시작한 1세대 활동가들부터 문화예술 기획을 기반으로 하는 동네 청년들까지 다양한 이들이 각자가 가진 소신대로 열심히 활동했다. 모두 열정적이었고 사명감도 투철했다. 그런데도 내가 듣고 보고 겪은 마을 활동에는 다소간의 아쉬움도 있었다.

가령, 마을 공동체에서 여성과 소수자의 인권은 고려되고 있는

JIMMY'S HALL

INTERDIT
AU PUBLIC

가. 실제로 마을 공동 텃밭에서 남자(남편)들은 주로 땅을 파고 모종을 심고 수확하지만, 여자(아내)들은 남자들과 아이들을 위해 채소 비빔밥을 '자연히' 준비한다. 어떤 마을 활동은 지난날 이웃사촌끼리 어울려 지내며 살던, '그 옛날 우리 어머니 생각' 같은 향수에의 복원을 목적으로 삼는다. 또한, 공동육아는 대개 '엄마들의 몫'처럼 여겨진다. 이런 경우도 있다. 한 지역구 공동체가 추진한 청소년 성소수자 위기지원센터는 사업 협약 직전 보수 기독교 단체의 협박에 못 이긴 관의 철회로 무산되었다. 결이 조금 다르긴 하지만 청년, 문화예술인의 '열정페이'는 마을 활동에서도 비일비재한 일이다.

한때 나와 함께 마을 청년 활동가로 그룹 지어졌던 이들 가운데 여전히 마을에 남아 활동하는 이는 거의 없다. 그중에는 마을의 폐쇄성, 마을의 특수한 문화(활동가들 사이에서도 존재하는 선후배, 삼촌 이모, 토박이 외지인 문화)에 놀라 마을을 거점으로 삼는 공동체 활동이 아니라 거점의 경계를 지우는 것으로서의 공동체 활동을 시작한 이도 있고, 공동체 회복을 위한 특수한 공동 활동이 아니라 보편적인 인권 활동에 방점을 찍으며 활동가로서의 삶을 지속하는 이도 있다. 마을 공동체가 먹고사는 걸 해결해줄 수 있으리라 기대했으나 그러지 못해서 '출퇴근러'의 생활로 돌아간 이들도 있다.

마을 공동체 활동이 이제는 '표심'을 잡기 위한 관의 사업이 되었다는 말이나, 일정한 수준의 가정 경제력이 바탕이 되어야만 참여할 수 있는 '중산층 사업'이라는 말은 100퍼센트 동의할 수는 없다고 해도 한 번쯤 고민해볼 이야기들이다.

주민의 주도가 아닌 관의 주도로 인한, 관의 성과주의 때문에 종종 결과 보고를 위한 사업이 행해지기도 하고, 과열된 사업 추진으로 인해 아이러니하게도 관과 손잡고 일하는 마을 활동가들에게 저녁이 있는 삶은 남의 집 이야기다. 공동체 활동을 시작하는 이들을 이끌어 주는 '마을 코디네이터'들 사이에서는 왕왕 '일거리'를 두고 의가 상하는 일이 벌어지기도 하고, 관에서 지원해주는 사업비 때문만은 아니나 공동체와 공동체 사이에 다툼이 일어나기도 한다.

마을 공동체에 관해 주로 이야기했지만, 어떤 공동체도 늘 화목하고 긍정적이지만은 않다. 토니 모리슨의 소설 《파라다이스》는 공동체에 관해 곱씹어보게 하는 작품이다. 소설에서 백인들로부터 핍박당했던 흑인들은 자신들만의 공동체를 건설한 이후에 그 공동체를 존속시키기 위해서 다른 공동체를 억압하게 된다.

어떤 공동체를 꿈꾸는 일은 어떻게 새로운 공동체를 만들어 갈 것인가에 관한 일임과 동시에 어떻게 기존의 공동체를 변화시킬 것인가와 관련한 일이기도 하다. 과연, 장애에 등급을 부여하고 부양의 의무를 개인에게 떠넘긴, 성소수자를 '색출'하라 지시하고 그 명령을 수행한, 먹고살기 위해 일한 한 젊은이를 죽음으로 내몬, 국가, 군대, 일터를 우리는 여전히 공동체라 부를 수 있을까.

최근 한 소규모 공동체에 몸담았다.

자신을 '소수자'라고 정체화한 분들과 시 쓰기 모임을 함께했다. 열 명의 학인들은 성별, 장애, 병력, 나이, 출신 지역, 신체 조건, 혼인 여부, 임신 또는 출산, 가족 형태 및 가족 상황, 종교, 사상 또는 정치적 의견, 범죄 전력, 보호 처분, 성별 정체성, 성적 지향, 학력, 사회적 신분 등이 모두 다 달랐다. 이 열 명의 사람들이 '소수자 공동체'의 일원이 되기 위해 돈까지 내가며 모인 이유는 제각각이었지만, 공통적으로는 다음과 같은 문구에 마음이 움직여서라고 했다.

우리는 소수자성을 숨기지 않아도 되는 창작 모임, 다양한 목소리로 함께 이야기하며 그 목소리가 작품에 배어드는 과정으로서의 창작 모임을 꿈꿉니다.

그들은 대개 자신들이 '선택한' 소수자성 때문에 표현의 자유를 억압당하거나 억압하는 이들이었다. 그들은 글쓰는 와중에도 여러 국면으로 혐오와 차별과 폭력에 노출되거나 노출될까 봐 두려워 스스로를 숨기는 것을 선택했다.

모임은 6주 동안 진행됐다. 우리는 앞으로 어떻게 될까요? 라고 각자의 가능성을 묻는 것으로부터 시작된 모임은 매주 숨기는 것에 관하여, 나타나는 것에 관하여, 선명해지는 것에 관하여, 이룩하는 것에 관하여 쓰고 말한 이후에 우리는 앞으로 어떻게 됩니다, 라는 각자의 불가능성을 예고하는 것으로 끝을 맺었다. 우리는 본격적인 시 쓰기 대신 쓰고 싶은 걸 쓰고, 이야기하고 싶은 걸 이야기하고, 묻고 싶은 게 있으면 묻고, 쉬고 싶으면 쉬고, 마치고 싶으면 마치는 것을 기본 원칙으로 삼았다. 시를 쓰지만 시로 쓰이지 않는 것에 대해 더 이야기할 수 있고 무엇보다 '나(의 이야기)'로 시작하지만 '나(만의 이야기)'로 끝나지는 않기를 바라는 것으로 모임은 나아갔다.

대학에서 문예창작을 전공하고 있는 한 학인은 인권 감수성이 결여되어 있는 창작 강사의 실태를 고발해주었고, 한 학인은 직업적으로 만났던 몇몇 작가들이 얼마나 쓰레기였는가를 넌지시 증언해주었으며, 한 학인은 자신이 아동폭력, 가정폭력 피해 생존자임을, 몇몇 학인은 동거 중이거나 헤어진 동성 파트너에 관하여, 한 학인은 폭력 피해로 인해 낯선 사람들과 대화를 잘할 수 없는 자신의 트라우마를 고백하였다. 나는 처음으로 수치심을 알게 해준 사건에 관하여 이야기하곤 했다. 소중한 것은 그런 이야기를 하는 자가 있고 그런 이야기를 있는 그대로 들어주는 이들이 있었다는 것.

계획된 여섯 번의 시간을 거치는 동안 이 모임은 차츰 저녁밥도 함께 먹고, 수업 장소로 함께 오가며 학교생활은 어떤지 회사생활은 어떤지 가정생활은 어떤지 웃으며 수다를 떠는 집단이 되었고, 숨지 않고 나타나서 선명해지고 이룩하는 너와 나의 삶을 꿈꾸어 보는 소규모 공동체가 되어 갈 준비를 슬슬 하고 있다. 다음 '일곱 번째' 모임은 한강 공원에서 갖기로 했다. 돗자리를 깔고 봄바람을 맞으며 치킨이 있는 저녁의 삶을 실행하며 '앞으로 어떻게 된 우리'를 위한 일을 작당하게 될 것이다. 현재에도 이 '평범한' 공동체의 일원들은 자신들의 목소리가 본인들의 삶과 작품 속에서 자유롭기를 고대한다.

최근 타인의 삶을 생각해보자는 흥미로운 공동체도 꾸려졌다. 〈공씨책방〉에서 만난 청년 넷이 시작한 출판사 '유음'은 도시 문

제와 페미니즘에 출판으로서 연대하는, '현장출판사'를 지향하는 곳
이다. 〈공씨책방〉은 신촌에서만 25년을 머문, 개업 기간이 40여 년이
나 된 '1세대 헌책방'으로 2013년에는 서울시 '미래유산'으로 선정되
기도 했다. 최근 이 책방은 사라질 처지에 놓였다. 임대인과 임차인,
계약과 계약해지라는 법의 말로 간단히 정리될 수 있으나 실상은 자
본에 의한 내쫓김에 가깝다.

　얼마 전, 나는 몇몇 동료들과 함께 〈공씨책방〉에서 '현장 잡지
프로젝트'를 진행했다. 지면에 작품을 발표하는 것이 아니라 현장에
서 작품을 발표하며 문학과 현장을 이으려는 이 프로젝트는 역시
자본으로부터의 내쫓김에 저항했던 이태원 〈테이크아웃드로잉〉에
서 처음 시작됐다. 그때 그곳에 모인 예술가들은 연대하여 '자본의
공권력'에 저항하고 재난을 통해서 배울 수 있는 것을 배우고자 하였
다. 이 자발적 '재난 공동체'의 일원들은 지금도 자연스레 서울 곳곳
의 재난 현장에서 정치적 실천을 이어가고 있다. 유음의 멤버이기도
한 소설가 정현석 씨 역시 그곳 공동체의 일원이었다. 〈공씨책방〉에서
는 '공씨책방 반상회'라는 공동체가 꾸려졌다. 유음에서는 최근 〈공
씨책방〉 창업주 공진석 선생님이 작고하시며 폐간된 〈옛책사랑〉을 스
물일곱 해 만에 복간했다. 복간 호에는 쫓겨날 위기에 처한 책방 소식
과 헌책방을 지키려는 사람들의 이야기가 담겨 있다. 이곳에서는 곧
고양이 문예지 〈젤리와 만년필〉를 낼 예정이다. 유음의 신조는 '우리
는 귀엽고 강하다'이다.

사실 정확하게 말하자면, 공동체에 관해 글을 쓰려고 하면 꼭 낙관적이고 희망에 차서 어딘가 지금까지와는 다른 삶을 먼저 그려보게 된다. 지금, 여기 없는 것을 지금, 여기 있을 수 있게 하는 다정하고 튼튼한 이들에게 마음을 둔다. 일테면 최근 길고양이를 돕기 위해(?) 작가와 편집자 등이 모여 결성한 '상냥한 사람들' 같은 모임에 자꾸 눈길이 간다. 또는 동성애를 반대할 수도 있다고 생각하는 대통령 후보들 앞으로 찾아가 '저희 존재를 반대하시는 겁니까?' 묻는 용감한 사람들에게도, 저녁이 있는 삶을 포기하면서까지 마을의 활동에 여념이 없는 슬기로운 활동가들에게도, 단짝들과 삼삼오오 모여 공동주거를 하는 나의 미래나, 무엇보다 짝꿍과 함께 이룩해가는 미래에 계속해서 마음이 쓰인다.

　공동체는 대개 완전한 원(○) 모양으로 형상화되곤 하지만, 내게 공동체는 불완전한 원(C) 모양이다. 불완전해서 열려 있는 공동체. 교집합이 생기는 공동체 간의 결합이 아니라 각자의 것을 온전히 가지고도 연결될 수 있는 고리 공동체. '우리는 연결될수록 강하다'라는 말과 함께 '공동체가 사라진 공동체'를 이어보고 싶다. 내가 오늘까지도 연결한 소수자, 현장, 공동체는 역시 귀엽고 강하다. 강한 것이라면 이런 것도 있다. 문화예술계 내 성폭력, 위계폭력 재발 방지를 위해서 각자의 방식으로 자신들의 몫을 다하고 있는 공동체들이

있다. 귀여운 것이라면, 헤어지네 사네 하면서도 오순도순 동거하는
이 땅의 부부들.

 〈지미스 홀〉은 공산주의자 지미 그랄튼의 실화를 바탕으로 만들어진 영화다.
영화는 아일랜드 내전 이후 10년간의 미국 도피 생활을 마치고 아일랜드로 돌
아온 지미가 '춤'을 출 수 있는 마을회관 '지미스 홀'을 다시 열면서 일어나는 사
건들을 다룬다.

켄 로치는 한 인터뷰에서 〈지미스 홀〉은 춤에 관한 영화라고 단언한다. 춤을 통
해 사람들이 하나가 되는 이야기를 통해 켄 로치는 누구든 노래하고, 춤추고,
정치적인 발언을 할 수 있는 공간의 의미를 그리고 끝내 패배할 수밖에 없었으
나, 그 패배를 기억해야 하는 이유에 관해 들려준다.

"정치적 싸움은 긴 전쟁이다. 그 전쟁에서 우리는 때때로 패배한다. 그럼에도 실
패를 추스르고 싸움을 계속하는 것이 무엇보다 중요하다. 지미가 살아 있다면
자신은 패배했어도 그 싸움은 성과가 있었다고 말할 것이다."

영화 속에서 지미로부터 패배를 배우지 않은 청년들은 부당함에 맞서 고개 숙
이지 않는 지미에게 이렇게 선언한다.

"계속해서 춤추고 꿈꿀 거예요."

2017년 5월 9일 대선이 치러졌다. 문재인이 대통령이 되었다. 홍준표는 24퍼
센트, 심상정은 6.2퍼센트를 득했다. 같은 날, 청소년 5만 1715명이 참여한 '모
의 대선'에서 문재인은 39.14퍼센트, 심상정은 36.02퍼센트를 얻었다. 홍준표는
2.91퍼센트였다.

영화와 나 사이에는

제70회 영국 아카데미 시상식

켄 로치와 존 버거는 만난 적이 있을까?

2014년 7월, 두 사람은 노벨평화상 수상자와 여러 분야의 예술가 등과 함께 이스라엘에 대한 즉각적인 무기금수 조치를 촉구하는 서명에 이름을 올렸다.

🚶

지난 1월, 존 버거가 타계했다는 소식을 듣고 잠시 하던 일을 멈춘 채 깊게 숨을 들이마셨다가 내쉬었다. 애도였다. 존 버거의 책을 읽으며 여러 밤 감격했다. 지금도 내 책장에 꽂힌 책들 중에서 책장 귀퉁이가 가장 많이 접혀 있는 책은 존 버거의 《A가 X에게》다.

어떤 책은 읽는 내내 작가를 친구로 삼으면 좋겠다는 생각을 하게 하는데, 존 버거의 책들은 그를 벗으로 삼고 싶게 했다. 그는 나보다 더 오랜 세월을 살았고, 더 많은 것을 경험했으며 더 깊은 곳에 책상과 의자를 두고 글을 쓸 텐데도 그를 벗으로 여겨 종종 집전화

로 대화를 나누고, 온다거나 간다거나 하는 소식을 편지로 주고받는 사이가 되면 좋겠다고 바랐다. 그것을 지혜로운 여정이라고 부르고 싶었다.

사진가 장 모르와 작가 존 버거는 50년 넘게 우정을 이어 온 사이로, 《존 버거의 초상》은 장 모르가 오랜 벗에게 바친 흑백의 헌사다. 이 사진집에는 소설가였고 미술 비평가였으며 시도 쓰고 그림도 그렸던, 그러면서도 농촌에서의 생활을 즐기고 몸을 쓰는 노동에 기쁨을 느꼈으며 아내와 자식들에게 지극한 애정을 나누어 주었던 존 버거의 삶이 소박하게 담겨 있다. 사진집을 보는 내내 존 버거를 피사체로 두는 일을 장 모르가 기쁘게 여기고 있음을 느낄 수 있다. 자신이 본 존 버거의 얼굴을 다른 이에게 전해주기만 하려는 듯 장 모르의 카메라라는 오랜 벗의 얼굴에서 크게 벗어나지 않는다. 어쩌면 실제로 존 버거가 그것 이외에는 아무것도 가진 게 없는 사람이어서인지도 모른다. 140여 장이 훌쩍 넘는 이 사진집에는 '우정의 풍경'이라는 부제가 붙어 있다. 나는 그걸 '우정의 얼굴'이라고 읽고 싶다.

지난 밤 존 버거의 책을 다시금 꺼내어 읽었다. 아내를 먼저 떠나보낸 후에 아내의 빈 방을, 그러니까 아내의 부재를 살피는 존 버거의 글과 그의 아들 이브 버거의 그림이 수록된 책 《아내의 빈 방》이었다.

그 책에서 존 버거는 아내가 병상에 누워 산딸기를 오물거리며 장난스럽게 웃던 모습을 떠올리고 그가 아내와 함께 앉아 있곤 하던,

발이 땅에 닿지 않던 이상한 벤치 앞을 지나다니며 "영원함 위에 앉아 있는 것처럼" 어느 맑은 날의 그와 아내의 환영을 본다. 이 애잔한 부재의 풍경에 슬픔의 생동을 덧입히는 부분은 그 다음이다.

존 버거는 자신이 쓰는 글에 죽은 아내의 옷 몇 점을, 걸어둔다! 어떻게? 그건 책을 통해 직접 확인하길 권한다. 그래주었으면 좋겠다. 존 버거가 걸어둔 그녀의 옷을 나는 몇 번이고 다시 들여다보고 오래도록 지켜보았다. 지금껏 나는 어떤 책에서도 이렇게 현존하는 그리움을 본적이 없었다. 아내의 빈 방을 서성이는 남편의 "웃음과 몸짓과 주름과 피로와 미소와 찌푸림과 분노"가 눈에 선했다.

《아내의 빈 방》을 (읽으면서가 아니라) 보면서 불현듯 장 모르가 자신의 사진에 걸어두고자 했던 건 소설가나 비평가나 시인이나 화가가 아니라 그저 함께 어울려 오랜 세월을 지낸 사람이었구나 싶었다. 문득, 존 버거의 사라짐이 생생하게 다가왔다. 그의 책을 아껴 읽으면서는 몰랐으나 지금은 알게 되었다. 나와 존 버거 사이에 우정이란 게 존재했다는 것을.

책은 우정을 생각하게도 하지만 우정을 맺자고 소리 없이 말 걸어오기도 한다. 만약 어떤 책과 50년 동안 그런 우정을 지속할 수 있다면 훗날, 책과 나 사이에는 어떤 우정의 풍경들이 차곡차곡 쌓여 있을까.

영화배우 틸다 스윈턴 역시 존 버거와 우정을 쌓은 오랜 친구다. 틸다 스윈턴은 존 버거에 대한 다큐멘터리 〈퀸시의 사계절: 존 버거

의 4개의 초상〉을 제작하기도 했다. 그 영화에서 존 버거는 "내가 이 야기꾼인 것은 내가 잘 듣는 사람이기 때문이다. 이야기꾼은 전선을 누비는 '금지품 전달자'처럼 누군가의 이야기를 전하는 전달자 역할 을 한다. 내가 그런 사람이다"라고 말한다. 말하고, 듣는 예술의 풍경 이야말로 우정의 표정이 되기에 부족함이 없는 건 아닐까.

존 버거는《글로 쓴 사진》이라는 책에서 마르크스의 입을 통해 이런 메시지를 전달한다.

우리 전문은 희망입니다. 우리의 기진하고 부서진 몸으로부터 반드시 새로운 세상이 일어날 것입니다.

제70회 **영국 아카데미 시상식**에서 〈나, 다니엘 블레이크〉로 '영국 영화상'을 수상한 켄 로치는 다음과 같은 수상 소감을 밝히며 최근 난민 아이들 수용을 중단하기로 영국 정부를 비판했다.

"(지금 지구상에서) 가장 연약하고 불쌍한 사람들이 이 정부의 냉담한 처사에 의해 위협받고 있다는 건 매우 수치스러운 일입니다. 우리가 돕겠다고 했던 아이들과의 약속을 이행하는 데에 있어서 시간을 연장하는 것은 잔인한 일입니다. 그 또한 수치스러운 일이죠.

영화는 많은 걸 할 수 있습니다. 영화는 오락이 될 수 있고, 사람들을 두렵게 만들 수도 있고, 우리를 다른 세계로 데려다 줄 수도 있습니다. 영화는 우리를 웃게 해주는 한편, 우리가 살고 있는 세상에 대한 어떤 이야기를 해주기도 합니다. 현실이 더 어두워지고 있다는 걸 우린 알고 있습니다. 돈과 권력, 재산과 특권을 가진 사람들, 대기업과 대기업을 대변하는 정치인들과 나머지 우리들의 싸움에서, 영화 제작자들은 자신이 어느 편인지 알고 있습니다.

때로는 이렇게 화려한 시상식도 열리지만, 우리는 사람들의 편입니다."

지금껏 이렇게 살아온 몸이라면

네비게이터

요즘은 돈 걱정보다 건강 걱정이 앞선다. 돈이 있으나 없으나 건강 걱정을 한다던데, 수중에 돈이 많지 않으니까 아프면 안 된다는 생각을 더 자주 하게 된다. "가난할수록 더 아프다"라는 제목의 기사를 보면 남 일 같지 않아 괜히 저염 식단이나 몸의 중심을 바로 세우는 5분 코어 운동 같은 걸 찾아보기도 한다.

이명박, 박근혜 정권을 거치면서 이런저런 근심 걱정이 많았지만, 그중에서도 공공분야 민영화에 대한 걱정은 매번 살 떨리는 걱정이었다. 모두 생활에 근거하는 것들이었기 때문이다. 도시가스비나 수도세나 전기료, 교통비, 의료비가 얼마나 나오는가에 따라 한 달의 삶이 달라지는 사람으로서 민영화로 인한 프랑스의 수도세 인상이나 영국의 철도사고, 맹장 수술을 받기 위해 수천만 원이 필요하다는 미국의 의료 민영화 사례 등은 더는 먼 나라 이야기가 아니라 내게도 곧 닥칠 재앙처럼 여겨졌다.

최근 허리가 불편해서 병원을 찾았다. 시급한 치료가 필요한 일이면 어쩌나, 병원비는 어쩌나, 부모의 성화로 오래전에 들어놓았던

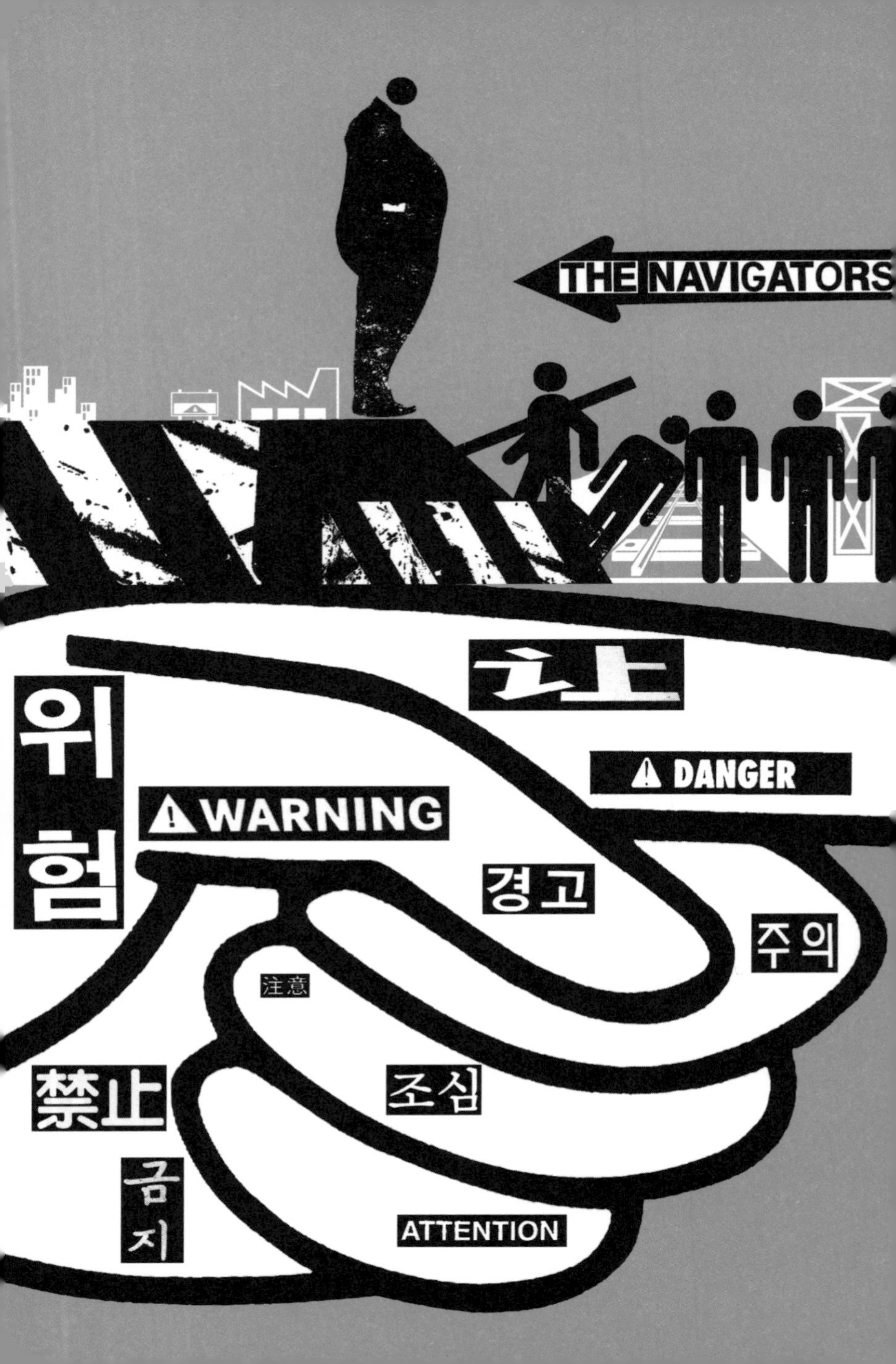
THE NAVIGATORS
위험
WARNING
DANGER
경고
주의
注意
禁止
조심
금지
ATTENTION

의료실비보험이 이때만큼은 유용하게 쓰일 수 있을까 이런저런 생각이 들었다. 그런 생각에는 과연 부모란 늘 앞날을 내다보는 사람이어야 하는 것인가도 포함되어 있었고, 훗날 돈 때문에 더 아프고 덜 아프게 된다면 나는 과연 어느 쪽에 합류해 있을까, "아프면 죽어야지"라고 말하던 노인들의 말이 어쩐지 다른 의미로 다가오기도 했다.

병원에 도착해 순식간에 진료와 검사와 진단을 받았다. 허리디스크 초기라는 평이한(?) 의사의 소견. 의료보험 적용이 되지 않는 도수치료 8만 원까지 가는 데 오랜 시간이 걸리지 않았다. 정신을 차리고 보니 결제 완료. 이대로 두었다가는 큰일이 난다는 의사의 말에 지레 겁을 먹고 치료를 진행했다.

물리치료사가 전신거울 앞에 얼떨떨한 나를 세우고는 이거 해봐라, 저거 해봐라 시켰다. 거울 앞에 선 몸뚱아리는 언제나 비루해 보이지만, 남 앞에 서서 전신을 이리저리 움직이고 있으려니 괜한 부끄러움이 몰려왔다. 마치 지금껏 잘 살았는지를 검사받는 느낌이었다. 뒤에 서서 몸의 움직임을 관찰하고 노트에 무언가를 적는 물리치료사의 얼굴을 힐끔힐끔 보면서 어떻게든 틀리지(?) 않으려는 마음으로 몸을 움직였다. 잠시 후 물리치료사가 다가와 말했다.

골반이 틀어졌고 허리는 일자, 목은 거북목이며 몸에 힘이 많이 들어가 있고, 몸에 중심이 한쪽으로 쏠려 있어서….

'내 몸 쓰레기인가' 울적한 마음으로 한동안 물리치료사의 말을 듣다가 "요즘 많은 분들이 이런 상태에요"라는 말(할렐루야!)에 허리 디스크는 사회적 질병임을 기쁜 마음으로 받아들이게 되었다. 뒤이어 이어진 도수치료는 무언가 뼈를 재조립하는 듯한 이상하고도 고 시원하고, 시원하고도 아픈 것이었다. 기진맥진. 치료사는 치료도 치료지만 앞으로 자세를 바르게 유지하는 게 더 중요하다고 조언해주었고 그 조언이 진심 같아서 도수치료 10회권, 30회권에 관하여 상담을 받았다.

그날 이후 나는 바른 자세를 유지하게 위해 애쓰는 생활을 하고 있다. 애쓰지 않으면 큰일이 일어나고, 큰일이 일어나면 큰돈이 필요하게 될 거라는 생각을 하니 애쓰는 삶도 크게 애를 쓸만 한 것이 아니었다.

출근길에, 사무실에서, 퇴근하며, 자세를 바르게 하자 때때로 신경을 썼고, 바른 자세 역시 의외로 간단하여 어깨를 펴고 허리를 구부정하게 두지 않고, 목은 본인의 생각보다 뒤로 자리 잡게 해주

면 되었다. 허리 건강을 위해 잠들기 전에 5분씩 누워서 다리를 직각으로 만든 후에 허리를 들어 올리고 스물을 센 후에 내려놓는 것을 3회 반복, 꼭 그것 때문만은 아니나 왠지 그것 때문에라도 숙면을 취하는 기분이 들기도 하였다. 허리는 다소 개운해졌다. 8만 원어치의 허리라고 해야 할까. 물론 실비보험으로 얼마간의 돈을 돌려받았기 때문에 한결 더 가벼운 기분이 들었는지도 모른다. 처방서나 약 봉투에 적힌 공단부담금은 어쩐지 돈이 굳은 거 같고 개인 의료보험은 어쩐지 타먹지 않으면 손해 같다. 손해인가. 병들지 않는 것은. 보험 때문에 아픈 두 손 중에 치료 받을 손을 골라야 한다는 의료민영화 사례를 곱씹어본다. 오늘날 가난은 손해다.

바른 자세를 유지해야겠다고 마음먹다보니 다른 한편으론 이런 뻐딱한 마음도 생겼다. 그러나 지금껏 이렇게 살아온 몸이라면 앞으로도 이렇게 살아도 될 몸이 아닌가. 거북목과 일자허리, 왼쪽으로 뒤틀린 골반과 무게중심은 나의 어떤 삶을 증명하고 있는 것은 아닌가. 이런 직업적 몸(이라고 우길 수 있는 몸)은 과연 올바르지 않기만 한 것일까.

오랜 세월 청소노동자로 일한 큰외삼촌의 허리디스크와 여전히 식당 일을 하는 어머니의 손가락 마디에서 툭툭 불거지는 관절과 오래 앉아 일하는 이의 뱃살과 오래 서서 일하는 이의 종아리 알과 아이들을 가르치는 이의 쉰 목소리와 감정노동에 지친 이의 정신상태란 모두 의학적인 치료가 필요한 몸일지언정 틀려먹은 것은 아닐 테다. 바르지 않다고 진단된 내 몸을 이상하게 긍정하고 싶다. 정말 반짝. 어깨를 접고 허리를 구부정하게 두고 목을 생각보다 앞으로 빼고.

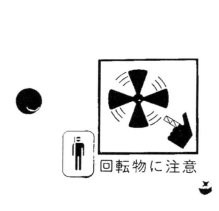

〈네비게이터〉는 한 통의 편지로 인해 만들어졌다. 1996년 어느 날, 켄 로치는 롭 도버라는 사람으로부터 한 통의 편지를 받는다. 롭 도버는 영국 철도가 민영화되면서 일자리를 잃은 수많은 철도 노동자 중 한 명으로, 그 편지에 자신이 18년 동안 철도 노동자로 일하며 경험한 것들을 적는다. 이 편지에 흥미를 느낀 켄로치는 롭 도버에게 답장했고 그렇게 〈네비게이터〉 제작이 시작된다.

민영화로 인해 고통받는 영국 철도 노동자들의 극 중 이야기도 이야기지만, 영화가 완성되기도 전에 롭 도버가 철도 작업장의 석면 때문에 암에 걸리고 회사와의 투쟁을 이어나간 끝에 승소, 끝내 목숨을 잃은 실화는 영화에 또 다른 무게를 실어준다.

영화의 무게와 현실의 무게는 얼마나 다를까.

미주는 처음부터 끝까지

그들 각자의 영화관

'벗'이라는 말을 좋아한다. 자주 쓰는 말은 아니지만, '오랜'이라는 낱말 뒤에는 괜스레 벗이라는 낱말을 붙여주고 싶다. 오랜 뒤에 붙는 벗은 함께 지내며 세월을 보낸 사람이라는 의미를 한결 자연스레 전해준다. 어쩐지 더 고색창연한 느낌. 새삼 친구와 벗은 어떻게 다른가, 다를 수 있는가 궁금해진다.

친구를 오래 묵혀두면 벗이 되는가?

내게 두 낱말은 말맛도, 말의 풍경도 다른 말 같다. 그러므로 말의 의미도 달라지는 말. 친구는 막 깎은 무의 맛 같고, 벗은 오래 익은 무의 맛 같다. 친구는 화창한 바닷가의 말 같고, 벗은 한적한 숲길의 말 같다. 친구는 다수라는 뜻 같고, 벗은 한 사람이라는 뜻 같다. 친구가 벗이 되기 위해서는 얼마간의 시간이 필요한 걸까.

오랜 벗 백미주 씨와 당일치기 여행을 다녀왔다.

한밤, 둘이 함께 잠 못 이룰 때 불쑥 카톡으로 만남을 계획했고, 각자의 짝꿍을 하루 반나절쯤은 멀리하자고 했다. 그러나 너무 멀지도 너무 가깝지도 않은 곳으로 가자, 여행지를 골랐다. 우리는 이제

경 일 인력
철거/기공/잡부/컨테이너
714-1789

영호인력 잡부
철거·각종공사 전문
363-2480

보석인력

일당인부
765-757

인력

인력

일당인부
765-5133
건설인력

인력

건장난 여인력
755-0820
017-264-9820

신 촌 인 력
잡부/기공
철거 컷팅,하스리
폐기물처리

온돌 판넬

출발하기도 전에 돌아올 때의 피로를 생각하는 나이와 처지가 되었다. 우리는 예전보다 조금 더 현명해졌다. '실용적으로 변했다'가 더 적확한 말인지도 모르겠다.

미주와 나는 대학에서 만났다. 미주는 그때 만난 친구 가운데 지금까지도 연을 이어가는 거의 유일한 친구다. 그때 친하게 어울려 지내던 다른 친구들과는 모두 소원해졌다. 내 탓이다. 우정은 늘 단단한 것이라고 믿었다. 누군가와 관계 맺으려는 이기적인 열망이 때로는 다른 관계를 망치기도 한다는 것을 그때는 애써 생각하지 않았다. 어렸다고 밖에. 아쉬운 일이다. 지금까지 그 친구들과 어울렸다면 나는 한결 더 풍요롭고 어진 사람이 되었을 것이다. 그때나 지금이나 그 친구들은 모두 나보다 더 현명한 삶을 살고자 했던 사람들이었고 우정을 확신했다.

미주를 통해 가끔 듣게 되는 그 친구들 소식은 놀라운 것이 아니라 놀랍지 않은 거라서 가끔 만나 즐기는 '치맥 생활' 같은 것을 떠올리게 했다. 모두 치킨과 맥주와 이웃하며 잘 지내고 있겠지. 보지 않는다고 해서 특별히 더 안타까운 마음은 (이제) 없지만, 보면 여전히 그때 그 시절로 돌아가 웃고 떠드는 98학번들이 될 것을 알기에 안타깝다. 지금이라면 함께 술만 마시는 MT 대신 깔 맞춤한 옷을 입고 한나절 식도락 여행을 다녀올 수도 있을 텐데….

여러모로 고려해 봐도 공주나 부여가 좋겠어.

내가 말하자 미주는 공주가 더 좋다고 했다.

다음 날 아침 일찍 만난 우리는 '너와 내가 왜 아침잠까지 포기하고 꼭두새벽에 만나야 했을까' 회한에 찬 얼굴로 버스에 올랐다. 일단 자고, 자다 깨서 내가 먼저, 그다음에는 미주가 공주 맛집, 공주에서 가볼 만한 곳 등을 검색했다. 그러던 와중에 둘은 거의 동시에 멍한 얼굴이 되어 알아챘다.

우리 여기 간 적 있지 않음?

둘 다 까맣게 잊고 있었다. 기억하지 못하고 있었다. 기억하려고 노력도 하지 않았다. 5년 전쯤 미주의 결혼을 앞두고 둘이 공주로 여행을 갔던 것이다. 어쩜 그걸 둘 다 새까맣게 까먹고는 마치 처음 가보는 곳이라도 되는 양 들떠서는… 인생 뭘까…. 그러나 이러나저러나 몹쓸 기억력 때문에 결혼 전 갔던 곳을 결혼 후 다시 가게 되었다며 우리는 이번 '전후여행'을 통해 현재 각자의 결혼생활과 사실혼생활을 돌아보자 의기투합하였다. 긍정의 화신들.

한번은 미주와 속초로 1박 2일 여행을 다녀온 적도 있었다. 역시, 겨울 바다를 볼 수 있으나 돌아오기는 편한 곳을 염두에 둔 결정이었다. 여행은 잘 먹는 것이라는 발상에서 벗어나지 않는 둘이라서 잘 먹고 잘 놀았다. 하지만 기억에 남는 건 이런 것이다.

둘이 겨울 바다를 잠깐 보고(겨울 바다는 왜 늘 잠깐 보면 되는 걸까. 보기 전에는 그렇게 주야장천 볼 수 있겠다 싶은데도…) 숙소로 들어와 킹사이즈 침대에서 맥주를 두 캔씩 비우고, 미주는 푹 자고, 나는 홈쇼핑에서 선전, 판매 중인 낙지를 한 상자 샀다. 집에서는 할 수도 없던 짓을, 해보려고도 안 한 짓을 했다(우리 집에는 TV가 없다). 우여곡절 끝에 결제하고 나니 헛웃음인지 진짜 웃음인지 모를 웃음이 나왔고, 얼마 후 잠에서 깬 (사실 덜 깬) 미주에게 나 홈쇼핑에서 낙지 샀어, 라고 소리쳤다. 미주는 미친놈, 그랬다. 자기는 속초까지 와서 잠이나 퍼질러 잔 주제에. 그러나 그 핀잔의 주고받음 가운데에서도 우리는 오랜만에 짝꿍이 없는 잠은 얼마나 자유, 막무가내였는지, 짝꿍과 맛있게 해먹는 낙지볶음은 얼마나 매콤달콤한 맛인지 후기를 기대한다는 대화를 주고받았다.

개운했다. 나도 미주도 그날 밤에는 짝꿍에게 속초의 밤공기 같은 것을 전해주기 위해 애썼다. 우리 둘에게는 이제 함께 있어도 챙겨야 할 사람이 있고, 그 챙김을 소중하게 생각하는 서로가 되었다. 학창시절에는 그렇지 못했다. 그때는 우리 둘이 제일 친해야 마음이 배배 꼬이지 않았다. 나는 그랬다. 미주는 그렇지 않았을 것이다. 그때나 지금이나 미주는 나보다 한 뼘쯤 더 어른스럽게 군다. 정말 어른스럽지는 않다. 그게 미주가 가진 덕목이다.

미주는 처음부터 끝까지 그런 사람이다.

온전히 나를 긍정하게 해주는 사람.

　　미주와 처음 속을 터놓게 된 때를 나는 여전히 또렷하게 기억한다. 봄밤이었다. 술자리가 한창인 자취방에서 둘만 따로 나와 다세대 주택 복도에 앉아 이야기를 나누게 되었다. 내가 먼저 나의 비밀을 딱 하나 말했고, 그걸 다 들은 후에 미주 역시 자기의 비밀을 딱 하나 말했다. 그걸 다 듣고, 듣기도 전에 둘이 눈물이 터져서 얼싸안고 서로에게 괜찮다고 말해주었다. 술김이었으나, 감성이 터졌으나 그때 이후로 나는 다시는 벽장으로 들어가지 않았다.

　　대학 시절 미주는 나의 든든한 가능성으로 남아주었다. 미주에게 나는 그런 친구가 아니었을지도 모른다. 죄송스러운 일이다. 그러나 적어도 오늘날까지 나는 비 오는 날 김광석 노래가 흘러나오는 통골뱅이집에서 미주와 함께 소맥을 말아먹는 것이 가능한 친구다.

　　한때 미주와 결혼을 할 수 있겠다는 생각을 가져보았다. 의도적으로. 결혼이라는 제도가 연애하는 이성애자 남녀의 결합이라는 합의에 반하기 위해서였다. 그러나 미주의 오래고 안정적인 연애와 원만한 결혼으로 그 무모한 계획은 당연히 실패하고 말았다. 물론 그동안 나에게도 짝꿍이 생겼고, 나 역시 오래고 안정적이며 원만한 사실혼 생활을 유지 중이다. 이제는 나와 짝꿍이 결혼할 수 있겠다는 생각을 가져보고 있다. 의도적으로. 나와 짝꿍은 결혼보다는 성대한 식(!)에 관심이 있고, 결혼을 위한 법적 절차보다는 결합을 통해 국가로부터 기본적으로 보장받게 되는 권리에 관심이 있다. 백미주 씨가 설레는 마음으로 부케를 받아 주면 좋겠고, 그 오랜 벗이 내가 미룰 수 없었던 것의 증인이 되어주면 좋겠다.

🚶

　수년 만에 다시 찾은 공주에서 우리는 생각보다 큰 감흥을 받지 못했다. 공주 탓은 아니었다. 날이 추웠고 눈발은 휘날렸고 눈이 나직이 쌓인 공산성은 썰렁했다.

　태어나 처음 본 국산차를 마셨고, 삼겹살에 청하 두 병. 기억에 남는 건 이런 것이다. 여행 이후 오른쪽 발목 근육에 염증이 생겨 고생했다. 그리고 얼마 후 미주로부터 이런 이야기를 듣게 되었다.

　나 임신했다!

　삼겹살에 청하를 나눠 마시며 미주에게 말했었다.

　없으면 없는 대로 행복.

　듣자 하니 몰랐으나 그때도 아기는 이미 배 속에 있었다고 했다. 없으면 없는 대로의 행복이 있듯이 있으면 있는 대로의 행복이 있을 것이다. 아기를 갖고 아이를 낳고 아이를 키우기로 스스로 선택한 미주의 결정을 진심으로 축복하고 싶다.

　오늘, 괜스레 2005년 12월 9일 밤에 미주와 메신저로 나눈 대화를 찾아보았다. 둘이 함께 〈우리 둘은 같은 종족〉이라는 온라인 카페를 운영한 적이 있었는데, 그때 우리가 왜 구태여 이 카페를 만들게 되었는지를 기억하기 위해 저장해둔 대화였다.

구름의 가장자리, 가령 님의 말:

근데 우리 카페 이름은 뭐라 지을까낭?!

미주 님의 말:

이름이 머가 중요해..ㅋ

구름의 가장자리, 가령 님의 말:

말랑말랑한 우리들의 다이어리, 뭐 요런 거가 좋을까낭. ㅋㅋㅋ

미주 님의 말:

걸쭉걸쭉한 다이어리는 어때..ㅋ

구름의 가장자리, 가령 님의 말:

ㅋㅋ

미주 님의 말:

죽이지?

구름의 가장자리, 가령 님의 말:

술이 웬수

미주 님의 말:

님 빙고~

구름의 가장자리, 가령 님의 말:

그게 너와 나의 최대 공통점이 아닐까 싶다. 술이 웬수라는 걸 아는 두 사람.

세월이 흘러 그 카페는 나만의 온라인 백업 창고가 되었다. 그러나 오늘은 한 번쯤 말해보고 싶다.

이봐, 오랜 벗. 우리는 같은 종족. 다시 해볼까?

 〈그들 각자의 영화관〉은 세계적인 감독들의 3분짜리 단편을 여러 편 모아 놓은 옴니버스 영화다. 켄 로치는 멀티플렉스의 수많은 영화 대신 축구를 선택하는 부자를 담아내며 '해피엔딩'이라는 제목을 붙인다.

'영화' 대신 '축구'를 선택하는 삶을 보여주는 것이 또한 영화라는 켄 로치의 짧은 전언은 새삼 예술과 인생에 관하여 물음하게 한다.

우리 모두에게는 각자의 삶이 있고 그건 우리가 모두 자신 안에 자신이 만들고 자신이 상영하는 영화가, 자신만의 영화관이 있다는 것.

미주의 삶을 3분의 영화로 줄인다면, 나의 삶을 3분의 영화로 줄인다면 우리는 우리 삶 전체를 어떤 상징적 이야기로 보여주게 될까. 그때 그 영화들에서 오랜 벗은 어떤 이유로 무엇이 되어 등장하게 될까.

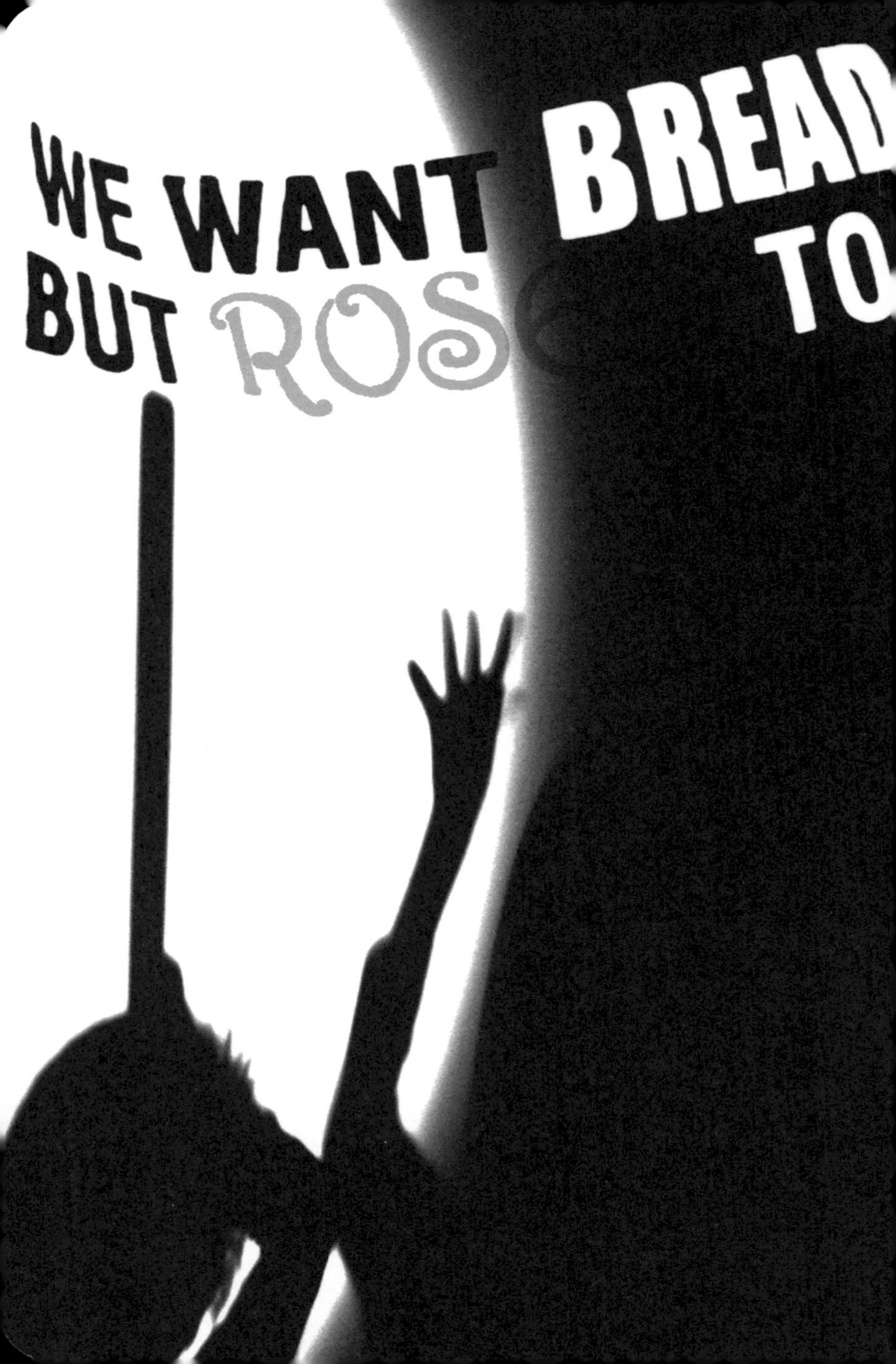
WE WANT BREAD
BUT ROS
TO

그나저나 내가 켄 로치라면

빵과 장미

소설가 조해진 씨로부터 선물을 받았다. 멜로디가 흘러나오는 작은 회전목마였다. 선물을 건네주며 그녀는 말했다.

인생은 회전목마니까.

분명한 봄날 저녁이었다. 기대 없이 들어간 식당에서 해진 누나와 나는 맛있게 고추장찌개를 나눠 먹었다. 둘 다 입맛이 돌았다. 입맛이 좋으면 말맛도 좋은 법. 누나와 나 사이에는 황량하거나 서글픈 이야기보다는 웃으며 떠들어야 할 얘기가 많았다. 누나는 생맥주 한 잔을, 요즘 금주禁酒에 관심이 커진 나는 하우스 와인 한 잔을 마셨다(응?). 누나에게서 사람과 사람 사이에서 벌어지고 벌어질 수 있는 이야기를 들었고, 나는 누나에게 사람과 사람에 관한 이야기를, 사람과 사람 사이에 관한 이야기를 들려주었다.

해진 누나와 나는 오랜 친구 사이다.

우리는 사적으로도 종종 만나는 사이이고 공적으로도(?) 왕왕 만나는 사이이다. 사적인 만남은 주로 영화관이나 식당, 찻집, 거리에서 이루어진다. 공적인 만남은 서울에서, 평창에서, 지면에서 이루어진다. 최근에는 누나의 새 소설집 출간을 기념하는 자리에서 사회를 보았다. 그 자리에서 나는 자랑스럽게? 떳떳하게? 의미심장하게? 여하튼 기분 좋게 밝혔다.

제가 오늘로써 그랜드슬램을 달성했습니다. 저는 소설가 조해진의 작가 초상을 썼고, 평창에서 가서 축사를 했고, 이제 독자와의 만남 사회까지….

자주 만나지는 못하지만, 해진 누나와의 만남에는 이상하게도 늘 '이후'라는 것이 존재한다.

이번에는 누나가 망원시장에서 한라봉 열 개를 만 원에 사서 다섯 개를 나누어 주었으므로 그것이 남았다. 한라봉 다섯 개의 이미지로 현재하는 그것을 나는 호위라고 생각하였다. 한라봉 다섯 개의 호위. 누나는 과일 한 봉지로 나의 무엇을 호위해주려고 했던 걸까. 누나는 저녁을 먹는 내내 마음을 쓰고 있었다. 요즘 너무 바쁘지? 힘들지? 괜찮지? … 짝꿍은 잘 있지? 누나의 한라봉 한 봉지는 아마도 나의 생활보다는 나와 짝꿍의 살림을 호위해주기 위한 것인지도 모른다. 해진 누나는 나와 짝꿍에게 커플 잠옷을 선물해준 사람이다. 처음으로 받아 본 커플 아이템이었다.

그러고 보면 지금껏 나는 형들보다는 누나들에게 더 사랑받으며 생활했다. 누나들의 마음 씀씀이가 나에게는 더 잘 어울렸고, 나의 마음 씀씀이도 누나들에게 더 적확했다. 나를 김 작가라고 부르는 혜영 누나는 어째서인지 먼저 연락해오지 않지만, 연락해서 밥을 먹자, 술을 먹자고 하면 거절하는 법이 없고, 나와서는 밥도 사고 술도 사고 책도 더 사겠다고 말한다. 독립잡지 〈더 멀리〉를 함께 만들었던 성은 누나와 시하 누나와는 너무 일만 하는 사이가 되는 게 싫어서 〈더 멀리〉를 만드는 와중에도 놀 궁리를 했다. 미자 누나는 명절이면 만남이 기다려지는 사촌 누나다. 누나는 술도 잘 마시고 입담도 좋고 무엇보다 해장용 닭개장을 기막히게 끓인다. 어릴 때 같이 살면서는 밤마다 야식으로 떡볶이나 쫄면 같은 것을 사다 먹고 수다를 떨었으나 이제는 어쩐지 소원해진 유미 누나는 가끔 자신도 모르는 사이에 어떤 눈빛으로 나를 바라보곤 하는데, 나는 그 눈빛이 가진 슬픈 애정을 누나의 언어라고 믿고 있다. 그리고 이런 일렁이는 말을 해주는 민하 누나도 있다. 모든 사람에게 사랑받으려고 애쓰지 마.

누나들에게서는 늘 마음 쓰는 법을 배웠다. 형들에게서는 늘 마음을 잘 쓰는 법을 배우려고 했다. 둘 다 인생을 사는 데 꼭 필요한 것들이었다. 인생은 회전목마니까.

해진 누나와 식당을 나와 걷고, 찻집을 나와 걸었다. 섣불렀지만, 둘 다 연신 봄이네, 봄이다 그랬다. 누나는 봄보다는 가을을 타는 사람일 것 같다. 나는 봄을 탄다. 이런 일화가 있다.

언젠가 소설가 조해진에 관한 작가 초상을 썼을 때 그 글을 본 어떤 분이, "이 사람은 조해진을 잘 모르는구나"라고 말했다고 해진 누나에게서 들었다. 모르는구나, 나는 누나를. 그래서 나는 아마도 한 번 더 작가 초상을 썼고, 그 작가 초상은 역시 내가 잘 모르는 해진 누나에 관한 것이었다. 그랬을 거다. 그 글을 본 누나는 이렇게 소감을 말했었다.

그런 건 언제 봤어?

누나와 헤어진 후에 한 손에는 회전목마를, 한 손에는 한라봉 한 봉지를 들고 집으로 돌아오며 여러 생각에 잠겼다. 인생에 관한 생각이라면 너무 거창하고 요즘 나는 어떻게 살고 있는지에 대한 것이었다.

누나는 어떻게 살고 있는 걸까? 요즘. 누나들은 어떻게 지내고 있는 걸까, 이 봄날에. 가끔은 누나들이 자기 자신 이외에는 아무것도 생각하지 않는 하루를 지냈으면 하고 바랐다. 세상을 구하려고도 하지 말고, 미래를 짊어지고 갈 사람들을 키우지도 말고, 어떨 때 어떤 마음을 써야 하는지 동생들에게 알려주려 하지도 말고, 누구에게도 사랑받으려 하지 말고. 난분분히 꽃잎은 흩날리고 고양이와 옥상과 잠뿐인 평온함 속에서 온전히 혼자가 되어 인생이라는 회전목마를 타고 즐거워하길. 때론 기쁜 우수에 젖으면서.

한 번도 누나라는 호칭을 사용해 본 적이 없지만, 누나들도 포
함되어 있을 여성인권활동가 쌤들을 떠올린다.

지난 3.8 세계 여성의 날에 성별 임금 격차 등을 이유로 조기퇴
근 시위행진을 벌이는 여성 활동가들의 짧은 영상을 보게 되었다.
얼굴은 없고 확성기를 대고 "오늘은 세계 여성의 날입니다. 여성 여
러분 오후 3시에 하던 일을 멈춰 주십시오"라고 외치는 이의 목소리
가 익숙했다. 얼굴을 보지 않아도 알 수 있는, 2017년 여성 활동가의
목소리를 듣는 순간 이상한 연대의식으로 멍을 때렸고, 영상이 끝나
가는 도중에 갑자기 눈발이 날리기 시작했고, 일순 소리가 사라지고
행진하던 여성들이 모두 하늘을 올려다보는데, 괜스레 뭉클한 마음
이 되어 버렸다.

그날, 마무리 집회에서는 성별 임금 격차 해소, 일·돌봄·쉼의
균형, 여성에게 안전한 일터, 불안정노동에 대한 사회안전망 구축 등
여성 노동계 4대 의제가 제시되었다.

1908년 3월 8일 미국 뉴욕의 루트커스 광장에 모인 1만 5000명
의 여성노동자들은 근무시간 단축과 임금 인상 그리고 투표권을 요
구하며 "빵을 달라. 그리고 장미를 달라"고 외쳤다. 인간의 존엄을 지
키기 위해 먹을 것(빵)과 음미할 것(장미)을 보장하라는 뜻에서였다.

109년 동안 '빵과 장미'는 훨씬 더 직접적인 것에 가까워졌고 그

만큼 은유도 다양해졌다. 누군가는 치킨과 맥주를, 누군가는 빵과 고양이를, 누군가는 커피와 담배를, 누군가는 밥과 책을 요구한다. 그리고 나는 음미하는 것으로서의 한라봉과 먹는 것으로서의 회전목마를, 해진 누나의 편에서는 바꾸어 마음 썼을 두 가지를 내내 곱씹어 보았다. 이후는 역시 과거의 것이 아니라 앞날의 것이다.

그나저나 내가 켄 로치라면 해진 누나를 마야 역에 캐스팅 했을까, 샘 역에 캐스팅했을까.

〈빵과 장미〉는 최고소득의 변호사와 펀드매니저가 모여 있는 LA 고층 건물에서 일하는 청소노동자들에 관한 영화다.

"우리가 유니폼을 입는 건 다른 사람에게 보이지 않기 위해서야"라고 말하던 청소부들은 해맑은 새내기 청소 노동자 마야와 노동조합 조직가 샘에 동의하여 노동자의 권리를 주장하고 투쟁에 나선다.

영화의 마지막. 청소부들은 임금 인상을 쟁취하지만, 마야는 담대하게 멕시코로의 추방을 받아들이는데, 그때 영화는 돌연 진지하게 묻는다.

"지금 당신이 보고 있는 결말은 행복한 것일까요, 슬픈 것일까요? 마야는 모든 걸 버리게 될까요, 간직하게 될까요?"

우연이겠지만, 영화 촬영이 끝난 직후 실제로 LA의 청소부들은 거리시위를 통해 3년간 25퍼센트의 임금 인상을 얻어냈고 이어 LA의 호텔 노동자들도 투쟁에 성공해 비슷한 성과를 얻어 내었다고 한다.

디어 마이 수아

레이닝 스톤

때마침 이보라 씨와 조일영 씨가 신생아 조수아를 키우고 있을 무렵 드라마 〈디어 마이 프렌즈〉가 방영됐다. 작가인 딸이 엄마의 친구들을 뒷바라지하다가 인생의 의미를 새삼 깨닫게 되는 내용의 드라마였다.

수아는 보라, 일영과 어울려 지내는 친구들 사이에서 처음으로 태어난 아기였다. 우리는 수아의 성장을 지켜보며 오랜만에 먹고사는 기쁨과는 또 다른 생의 기쁨에 빠졌다. 그건 노력하지 않아도 얻게 되는 새로운 기쁨이었다. 우리는 다들 살뜰한 이들이 되어 조카를 챙겼다.

처음으로 태어난 자식에게 갖게 되는 애정과는 별개로 처음으로 얻게 되는 조카에게 갖는 애정이 있다. 이 땅의 조카 바보들은 때마다 책과 완구와 문구를 챙기는 것도 모자라 조카의 유치원 학예회에, 졸업식에 초대되고, 심지어 간다. 가서 조카의 초롱초롱한 눈을 마주하는 것으로 자신이 오늘도 헛되이 살지 않았음을 깨치고 온다. 나는 한 번도 그러지 못했다.

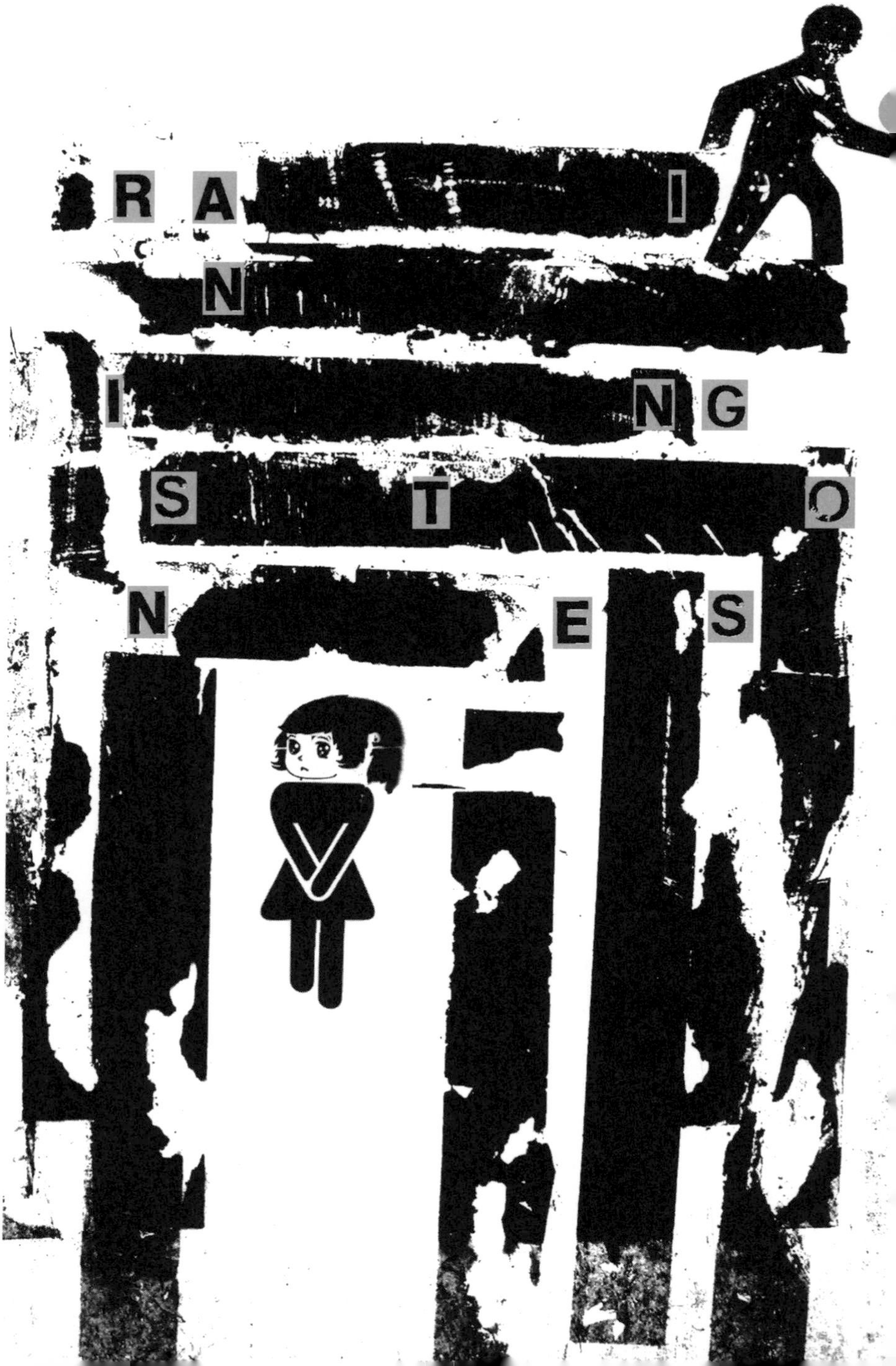
R A I
N
I NG
S T O
N E S

나는 조카 바보로 살지 않는다. 다만, 때마다 조카들의 책을, 조카들의 레고를, 조카들의 책가방과 실내화 주머니를, 조카들의 꼬까옷을 챙길 뿐이다.

조카들에게 나는 좋은 삼촌이 아니다. 내가 생각해도 그렇고 조카들이 생각해도 그럴 것이다. 기껏해야 명절에 한 번 만나는 게 고작인데도 나는 조카들에게 곁을 쉬이 내주지 않는다. 나는 어린아이들의 소란스러움이 싫고, 어린아이들 때문에 나의 잠이나 나의 휴식이 방해받는 것이 싫다. 나는 어린 조카들이 어서어서 자라서 사춘기에 접어들고, 말수가 적어지고, 생각이 많아지고, 혼자만의 시간을 갖는 일에 흥미를 느끼게 되기를 바란다. 아마도 나는 그때쯤 조카들과 진짜 교류를 시작하게 될지도 모른다. 그것을 기대한다.

부모에게 말할 수 없는 것을 말할 수 있는 사람이나 부모에게서 들을 수 없는 말을 들을 수 있는 사람이나 그들이 자신의 삶은 자신이 선택하고 결정하는 것이라는 걸 느낄 수 있게 해주는 사람이 되고 싶다. 그러니까 나는 조카들이 부모가 화목하게 일구어 놓은 가정을 스스로 떠날 때까지 아픔 없이 평화롭게 지내길 바랄 뿐인 현재의 사람이다.

수아를 챙기는 허종윤 씨와 조경민 씨는 서로 다른 이모가 될 것이다. 짐작건대 종윤이는 수아가 담대한 아이로 성장토록 조언하는, 겉은 거칠고 속은 연약한 이모가, 경민이는 수아가 몽상과 로맨스를 아는 아이로 자라도록 본인이 먼저 많이 먹고 많은 꿈을 꾸는 이모가 될 것이다. 나는 수아가 내가 살지 못한 방식으로 살아가도록 조언하는 (삼촌보다) 이모가 되고 싶다. 이를테면 언젠가 조카 바보가 되는 삶이 더 다정한 삶이라는 것을, 또는 엄마나 아빠처럼 노래방 테이블에 올라가는 기쁨을 아는 인생이야말로 살맛나는 것임을, 또는 모든 폭력과 혐오와 차별에 맞설 줄 아는 사람이 진정으로 성장한다는 것을.

이모들로서 우리는 이 모든 것들에 최선을 다한 다음에 아마도 부모와는 또 다르게 수아에게 당당히 요청하게 될 것이다. 수아야, 이모랑 맥주 한잔하자, 수아야, 이모랑 여행 좀 가자, 수아야, 이모랑…. 그리고는 수아에게 듣고 싶다. 내가 이모들 자식이야? 그런 건 이모 자식들한테 하자고 그래. 그런 다음에 마치 걸려들었다는 듯이 수아에게 외치고 싶다. 야, 우리가 널 업어 키웠어!

보라와 일영은 수아를 키우면서, 나와 친구들은 본인 인생에 상의도 없이 관여된 조카들을 지켜보면서 아마도 수없이 많은 인생의 상투적인 면모를 맞닥트리게 될 것이다. 그럴 때마다 인생의 클리셰에 충실한 부모와 이모가 되어 자식에게, 조카에게 "우리 인생을 좀 뻔하지 않게 살자" 말하는 꼰대들이 된다면, 우리 모두의 인생은 한결 친애할 만한 것이 될 수 있지 않을까.

그러니 수아야, 현서와 현우야(둘은 내 혈연 조카이다), 늘 부모와 이모들의 허를 찌르는 인생을 살아주길. 그 인생이 너희를 부모와 자식과 조카들에게서 잠시 멀어지게 할지라도 담대히, 꿈꾸며,

새로운 길을 개척하길. 우리가 종종 잊더라도, 마치 너희가 그걸 배우며 자랐음을 증명하듯이.

보라와 일영은 수아를 위해 기꺼이 헌신하는 삶을 살 것이다.

김유미 씨와 김학근 씨(이 둘은 나의 누나와 매형이다)도 현서와 현우를 위해 기꺼이 헌신하는 삶을 살 것이다.

자식을 위해 사는 부모의 삶은 언제나 과거 시제가 아니라 미래 시제로 적혀야 옳다.

아마도 나는 이번 생에는 자식을 위해 헌신하는 삶을 살지 못할 것이다. 부모가 되지 못하는 삶은 불행하지 않다. 부모가 되지 못하는 삶은 다만, 자식이 없는 삶에 지나지 않으며 그건 자식 때문에 기쁘거나 슬플 일이 없다는 것에 지나지 않는다.

그러나 자식이 때로는 웬수가 되고 때로는 기쁨의 원천이 되고 때로는 내 삶의 분신이 됨을 느끼지 못하는 삶은 문득, 궁금해질 것이다. 가령, 딸아이에게 드레스를 꼭 사주고 싶은 부모의 마음은 얼마나 자본과 관련한 비자본적인 일일까?

 〈레이닝 스톤〉은 영국의 한 마을을 배경으로 한다.

실직자 밥은 일곱 살짜리 딸아이가 첫 번째 성찬식에서 입을 드레스를 마련해주기 위해 애쓰는 '웃픈' 삶을 산다. 그는 돈을 마련하기 위해 양을 훔쳐 팔고, 하수도 청소부로 일하며 똥물을 뒤집어쓰고, 보수 당사 잔디를 훔치고, 나이트클럽 경비원으로 일하고, 사채업자에게 돈을 빌린다.

"삶이 힘들고 고단할 때, 마치 하늘에서 돌이 비처럼 쏟아지는 것 같습니다. 오직 나에게만"

영화는 내내 밥이 '드레스 대금' 때문에 겪게 되는 삶의 고단한 순간들을 보여주지만, 이상하게도 보는 이에게 '그런데도 살고자' 하는 에너지를 전달해준다. 자식의 삶이 자신처럼 되풀이되지 않길 바라는, 자식의 삶의 첫 단추를 잘 끼워주기 위해 애쓰는 아버지의 마음은 단순한 부성애를 넘어 이전 세대의 잘못된 삶이 아니라 이후 세대의 잘못될 삶에 관하여 생각하게 한다. 영화의 마지막, 고해한 밥에게 신부는 말한다.

"빵이 곧 삶인 이들을 위해 자넨 정의로웠네."

고양이 때문에

케스

자면서 우는 짝꿍을 물끄러미 보다가, 깨웠다.

왜 울어?

꿈에 이쁜이하고 깡깡이가 나왔어.

이쁜이와 깡깡이는 짝꿍이 오랫동안 키웠던 고양이다.

어느 날 둘은 하늘나라로 갔다.

이제 여기에는 없고 거기에는 있는 고양이들이 꿈에 납시어 자다가 울어버리는 인간을 나는 옆에 두고 있다. 나는 아끼어 키우던 동물 때문에 눈물을 흘리는 일이 지상에서 이루어지는 착한 일 중 열 손가락 안에 들어갈 만한 일이라고 생각한다. 나에게는 지금까지도 그런 눈물이 없었다. 내 주변에는 길고양이의 울음이 듣기 싫어서 길고양이를 잡아 죽였음을 공공연하게 말하던 사람도 있었다. 나와 꽤 가까웠던 그 사람은 그 말 때문에, 몹쓸 짓 때문에 내 주변에서 멀어졌다. 나는 그를 더는 사람 취급할 수 없었다.

종종 짝꿍의 지극한 고양이 사랑이 어디서부터 시작됐는지 궁금해질 때가 있다. 지금보다 사람도, 고양이도 더 살기 좋았던 시절

에 과연 그는 어떤 어린아이였을까. 고양이를 사랑하는 아이였을까. 고양이의 사랑을 받는 아이였을까.

자주는 아니나, 어쩌다 한 번씩 듣는 짝꿍의 어린 시절 이야기는 그가 사람에게서 먼저 발견한 것이 기쁨이 아니라 슬픔이라는 것을 알려주는 내용이었다. 기쁨이 짝꿍을 먼저 발견했더라면 그는 지금보다 훨씬 더 침묵에서 먼 사람이 되었을 것이다. 어쩌면 짝꿍은 말 못하는 한 마리 고양이에게서 사람에게서는 찾아볼 수 없던 소리 없는 기쁨을 발견했던 것일는지도 모른다. 침묵이 전해주는 기쁨을 너무 이른 나이에 찾은 사람은 슬픈 인간으로 오래 늙는다. 침묵이 전해주는 슬픔을 너무 이른 나이에 찾은 사람이 비극적이게도 영원히 슬픔의 젊음을 살듯이.

한때는 나도 동물에 빠졌었다. 한순간이었지만, 한 마리 작은 개가 내 생의 낙인 적도 있었고 오로지 한 마리 작은 개만이 나의 마음을 위로한다고 믿은 적도 있었다. 작은 개에게 짝사랑하는 아이의 이름을 말해주고 그런 이유로 그 작은 개가 바로 그 아이가 되어 곁에 두고, 안고 잤다. 그런데도 나는 그 작은 개의 갑작스러운 사라짐을 슬퍼하지 않았다.

어느 날 홀연히, 작은 개는 가족을 남겨두고 사라졌다. 찾아도, 찾아도 찾을 수 없었다. 그리하여 나의 부모는 그것이 사라진 게 아니라 떠난 거라고 믿었고, 죽을 때가 다 되어 떠난 개는 찾지 않는 것이라는 부모의 진리에 나는 수긍했다. 그러나 그 개의 편에서는 어떤 것이었을까. 그 실종은.

늙어 죽을 때가 되어서 가족을 떠나 자신들이 점찍어 둔 죽음의 장소로 떠나가는 두 남자 부부에 관하여 시를 쓴 적이 있다. 그들을 찾기 위해 부부인 두 여자가 겨울밤 산을 오르는 풍경을 적은 시였다. 인간의 선의에 대한 것이었는데, 동물의 선의라는 것도 있을 것이다. 그러나 길고양이들을 아파트 지하실에 가둬 굶어죽게 하는 악의는 오로지 인간만의 것일 테다.

동물을 아끼는 사람은 어떤 사람일까.

그 사람은 그만큼 사람도 아낄까. 그렇지 않을까. 사람을 아낄 수 없는 사람이 동물을 아끼는 사람이 되는 걸까. 짝꿍은 아무래도 사람을 아끼는 사람. 그는 사람을 쉬이 좋아하지 않지만, 사람을 깊이 신뢰하는 사람이다. 그래서 사람을 기본적으로 가까이하지 않고 사람과 근본적으로 가까워지려 한다. 그렇기에 그는 자신이 관여하게 된 동물의 삶이 자신의 삶 이상으로 행복하길 원하는 사람.

어린 시절 잠시 거두었던 노란 병아리와 한철 마음을 주었던 작은 개, 아무에게도 도움 받기 싫을 때 가만히 다가와 자신의 앞발을 손등에 올려놓는 고양이 한 마리 그리고 겨드랑이 속으로 파고드는 한 마리 도마뱀 때문에 인간세계의 냉정을 견디어 본 사람은 알리라. '마리'라는 의존명사가 있어 인간의 언어가 얼마나 더 다정해졌는지를.

가끔 짝꿍을 키우고 있다는 생각을 한다. 짝꿍 쪽에서는 자신이 나를 키운다고 생각할 테지만, 나는 그가 나에게로 와서 연약한 반려동물이 되어버리는 것이 참 좋다. 왜냐하면 그것으로 인해 내가 그를 신뢰할 수 있기 때문이다.

나보다 키도 크고 덩치도 좋은 짝꿍을 품에 안고 있기를 즐긴다. 폭 안겨 있는 사람의 뒷모습은 믿을 만한 것이다. 안은 사람과 안긴 사람은 그 자체로 믿음의 덩어리이다. 잘 안아주는 사람과 잘 안기는 사람. 둘 중에 하나를 선택해야 한다면 나는 역시나….

곁에 나를 위한 동물을 둔다는 것은, 나를 위하여 동물이 내 곁에 있다는 것은 언제 어디에서 누구로부터 시작한 약속일까.

〈케스〉는 매(케스)를 키우며 훈련시키는 열다섯 살 소년 빌리의 눈동자가 오래도록 잊히지 않는 영화다. 아직 술도, 마약도, 탄광도, 부당 해고도, 실업도, 신자유주의도 알지 못하는 그리하여 이 세상보다 더 좋은 세상이 있음을 믿는 듯한 아직 여기에 당도하지 않는 두 개의 눈.

빌리는 자신의 매를 '애완동물'로 여기지 않는다. 왜냐하면 빌리에게 매는 인간의 사랑을 바라는 동물이 아니라 인간의 개척을 생각하게 하는 동물이기 때문이다. 켄 로치는 주변의 권유에도 불구하고 빌리가 케스와 함께 경험하게 되는 낙관과 긍정과 희망과 자유가 결국 허구에 불과하다는 사실을 끝까지 알려주길 택하며 '빌리의 비상'이라는 긍정적인 결말을 부인한다. 켄 로치에게 있어 케스는 빌리의 새가 아니라 빌리라는 계급의 새이기 때문이었을 것이다. 언제나처럼 그는 소년의 비상이라는 영화적인 삶 대신에 소년들의 비상이라는 현실적인 삶을 영화 속에서 고민한 셈이다.

내가 새라면

걸어 다닐 수 있겠지
겨울 갈대숲을

황량한 곳
정신이 깨끗한 손가락으로 턱을 괴는 곳

가끔 진흙탕에 발이 빠지기도 하고
삶이 진창이라는 것을
사랑하는 이의 어깨 위에서 알려줄 수 있겠지

어둠 속에서 진흙이 다 말라
떨어질 때
포로롱 사랑하는 이의 정신 속에 있는
진리의 나라로 날아가
한겨울 갈대숲에 남기고 온 발자국을 노래할 수 있겠지

흙으로 만든 지혜의 징검다리와
그 사이로 몇 번씩 개입되는 슬픔과

무리 지어 서쪽 하늘로 사라지는 고독을
부모는 죽고 죽은 부모가 살아생전 모셨던 믿음이 깨지고
그때
우리가 얼마나 불효자식들인지
당신이 옳아요
당신의 팔다리와
당신이 죽은 고양이를 그리워하며 흘리는 눈물이
그 고양이가 통째로 잡아먹은 당신의 새가

내가 새라면 날 수 있겠지
단 한 번의 날갯짓으로
검은 비 떨어지는 창공으로 날아올라
추락을 살 수 있겠지

겨울 갈대숲
발자국 위에서 볼 수 있겠지
자유 멀리
날아가는 한 마리 새

구름으로부터 가장 멀리 있는 말

문제적 감독

뜬구름 잡는 이야기다.

나는 구름 보기를 좋아한다. 그중 제일은 여름 구름이다. 고개를 들어 웅장하고 변화무쌍한 구름의 형상을 관찰하고, 중구난방인 듯 보이나 일정한 박자를 가진 구름의 흐름을 추적하는 일은 요즘 같아선 세상 쓸모없는 일이다. 그러나 바로 그 무용한 행위에서 유용한 가치를 찾아낸 이들도 있었다. 일찍이 수많은 예술가와 철학자가 구름에서 '순간'을 발굴했다. 끊임없이 변하고 움직이며 순간의 산물로만 수렴되는 구름을 통해 그들은 "우리는 어디서 왔는가? 우리는 누구인가? 우리는 어디로 갈 것인가?" 묻고자 하였다. 때때로 한 무리의 몽상가들은 구름이라는 이미지에 힘입어 자유와 평등과 사랑을 그리고 인생을 "음미하지 않은 인생은 살 가치가 없어. 하지만 음미해버린 인생은 딱히 매력이 없지"라고 논하기도 했다. 구름의 쓸모만큼이나 구름을 보기 위해 고개를 드는 인간의 행위는 단순하고도 직선적인 실용의 움직임이다.

며칠 '가히 초여름이구나'라고 할 만한 날씨여서 부러 하루 휴가를 얻어 '오전 11시 버스'에 올랐다. 오전 11시의 버스는 멍하니 이동 하는 느긋함을 즐기기에 알맞은 장소다. 라디오 방송을 들었다. 듣 자 하니 영국에는 '구름감상협회'가 있다고 한다. 구름을 사랑하는 사람들이 모여 자신의 구름 관찰담을 공유하고 이야기 나누며 '함 께 구름을 산다'는 것. 지어낸 것인 줄 알았다. 역시 구름의 계절인 가, 생각하며 무심히 검색했다. 진짜 있었다.

홈페이지에 들어가 보니 과연 회원들이 직접 관찰하고 촬영한 다양한 구름들이 차곡차곡 쌓여 있었다. 한동안 시간 가는 줄 모르 고 남의 눈에 든 구름을 보았다. 영국에 거주하는 한 구름감상협회 회원은 다른 회원들이 발견한 개성 넘치는 구름을 보기 위해 협회 홈페이지를 드나드는 일상을 자기 블로그에 적어놓기도 했다. 구름 감상협회 설립자는 개빈 프레터피니라는 사람. 그가 쓴 책은 국내에 번역 출간되어 있다. 제목은《구름 읽는 책》. 책 끝에는 '구름추적자 졸업시험'이 수록되어 있고, '구름을 사랑하는 사람들의 모임' 선언 문에는 "우리는 '파란하늘주의'를 만날 때마다 맞서 싸울 것을 맹세 한다. 매일 구름 하나 없는 단조로운 하늘만 올려다봐야 한다면 인 생은 너무도 지루해질 것이다"라고 적혀 있다고. 배시시, 웃음이 나 왔다. 구름을 머리 위에 올려놓고 저러한 맹세라니. 그야말로 뜬구름 같은 맹세였다.

맹세하는 인간에 관하여 떠올렸다. 최근 많다. 나라를 나라답게 라고 외쳤던 대통령 당선인과 당선되지 못한 후보들의 맹세, 모닝커

피의 노예가 되지 않겠다던 동료와 쓰레기 분리수거 배출 일을 잊지 않겠다던 짝꿍의 맹세, 사고로 돌아오지 못한 이들을 끝까지 기억하겠다는 친구들과 넋 놓고 구름을 보던, 작년 여름 일 없던 나도 떠올랐다. 그때 나는 '구름에게 배우는 평화란 이토록 전진하는 것'이라고 적었더랬다.

스스로를 파란 하늘 추종자들에 맞서는 구름추적자라고 칭하는 개빈 프레터피니는 구름을 그저 티끌 하나 없는 완벽한 여름 하늘을 망쳐놓는 몹쓸 것 정도로 여기는 현실을 안타깝게 여겨 '구름을 사랑하는 사람들의 모임'을 조직했다. 근자에 들어 추종자라는 말을 가슴에 얹어두고 몇 번 손을 올렸다 내렸다. 뒤를 둘 수 있는 자의 덕목과 뒤를 따라서 쫓을 수 있는 자의 덕목은 어떤 것인가 고려해보기도 했다. 추종하겠다와 추종하지 않겠다는 맹세는 또한 얼마나 다른 것일까. 맹세란 시작하는 순간 곧 결과의 목전으로 이동하는 말이다. 누군가의 맹세는 지지하고 싶고 응원하고 싶지만, 누군가의 맹세는 제발 되돌리고 싶다. 에두르지 않고 지금 내가 추종하고 싶은 맹세란 이런 것이다.

"나 김현은 오늘 범죄자가 되었습니다. 군형법 제92조의 6 폐지안 발의를 환영하고 지지합니다."

맹세란 구름(순간)으로부터 가장 멀리 있는 말이기도 하다. 뜬구름 잡는 이야기로 끝낼까. 오전 11시 버스에서 들었다. 앞으로는 술 마시고 절대 전화 안 할게.

짧게 보자면 나는 낙관적이지 않다. 악순환이 계속되니까. 그러나 길게 보자면 사람들이 거기에 맞서 싸울 것이니 낙관적이다. 영화를 만드는 이유는 사람들로 하여금 그걸 표현하게 하고, 그 활력을 나누게 하는 거다. 그게 사람들을 웃게 만드니까. 그게 바로 아침에 일어나게 만드는 힘이니까.

켄 로치는 공공연하게 이야기한다. 자신의 영화가 부당한 현실을 바꾸는 데 "미약하게라도" 일조하기를 원한다고. 그는 아마도, 지혜롭게도 스스로를 현실에서 맞서 싸우는 자들에 연대하는 예술가일 뿐이라고 생각하는 것 같다. 그러므로 그의 영화는 언제나 삶, 사람에 가까워지려 한다. 사람에 가까운 카메라. 사람에 가까운 영화.

나는 인권 활동가에 가까운 삶을 잘 살지 못했다. 나는 두려움이 많은 사람으로 그저 용기 있는 사람들의 곁에 섰다. 그게 최선이었다. 부끄럽게도 나는 앞으로도 그만큼만 하면 되겠지, 라고 생각한다. 죄송하다.

가끔 친애하는 인권 활동가들의 투쟁과는 거리가 먼 생활을 요모조모 살펴본다. 현장으로 달려가 피켓을 들고 구호를 외치고 용기 있게 부당한 현실에 몸소 맞서는 사람들의 보통 일상을.

오늘, 한 활동가는 까무룩 잊었던 지난밤 술값 영수증을 보고

"누가 캐모마일 먹었니?"라고 간밤 혁명의 전사들과의 음주가무를 복기하는 글을 페이스북에 올렸다. 그의 재치 덕분에 하루를 웃으며 시작했다. 지난밤 함께 술잔을 기울인 한 활동가는 사무처장을 곁에 두고 곱창에 소주 한 잔을 밤샘의 원동력으로 썼다고 웃으며 고백했다. 내가 다 유쾌하였다. 그것으로도 기분이 좋았는데, 그 사람이 헤어지며 망고링고 한 캔을 내 손에 척! 쥐어 주었다. 술자리에서 꼭 한번 마셔보고 싶다고 떠들었던 술이었다. 그 차가운 것을 가방에 넣어 오면서 다정함이 터져서 울컥했다.

이런 사람에 가까운 사람들을 봤나!

지금 이 순간은 모든 인권 활동가들의 구호가 없는 생활을 조금 더 지지하고 싶다. 저녁이 있는 삶을 오래전에 포기한(?) 이들에게 하루 이틀쯤 완전히 자유로운 저녁이 허락된다면 그들은 그 하루하루를 어떻게 활용할까. 아마도 음주가무?! 때로는 오직 지난밤 음주가무만이 오늘의 아침을 책임지기도 한다, 할 것이다.

문제적 감독으로 분류된 켄 로치는 영국에서 한동안 영화를 찍지 못했다. 그리고 그때 먹고살기 위해 그는 몇 편의 상업 광고를 찍게 된다. 지금도 켄 로치는 그 당시를 부끄럽게 회상한다고. 한 인간이 가진 부끄러움의 정체가 바로 그 사람의 정체이기도 하다.

먹고살기 위해서가 아니라 자신의 신념에 따라 첫 영화를 만들면서 켄 로치는 어떤 맹세를 마음에 품었을까?

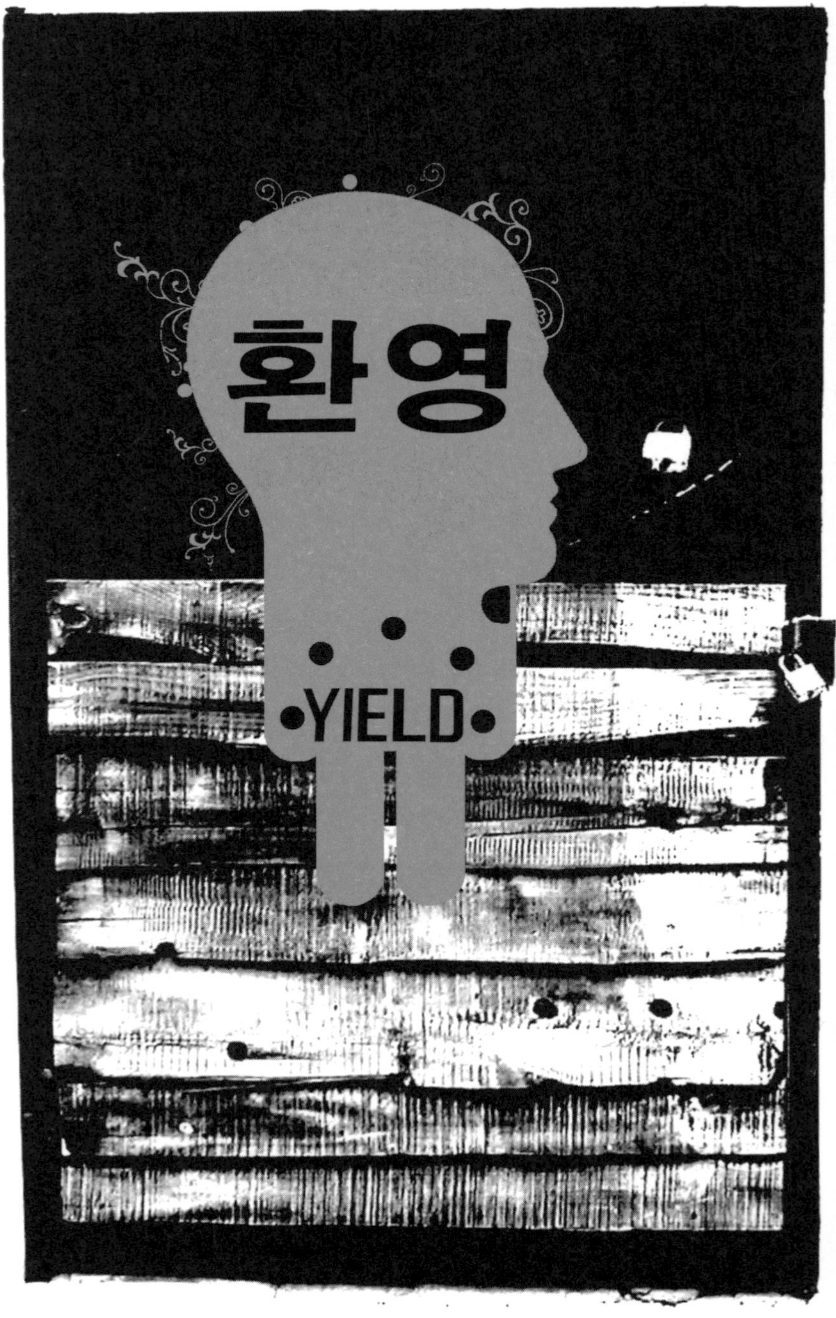
환영
YIELD

나오며

영화를 보았다

노동절 연휴였다. 밤낮도 없이, 주말도 없이 일하는 짝꿍과 함께 전주국제영화제에 다녀오기로 했다. 〈켄 로치의 삶과 영화〉를 보기 위해서였다. 운이 좋다고 생각했다. 때마침 켄 로치에 관한 다큐멘터리라니. 상영 소식을 전혀 모르고 있던 짝꿍에게 점수를 땄다. 땄다고 어디에 써먹나 싶지만, 연인에게서 획득하는 점수란 쌓여가는 것도 몰랐으나 언젠가 한 번은 유용하게 쓰게 되는 포인트 적립금 같은 것. 무너질 때 무너지더라도 일단 쌓고 보는 게 좋다.

기차를 타고 전주로 갔다. 노동자 둘이 휴일의 잠을 포기하고 기어이 몸을 움직이는 일이란 정말이지 큰일이다. 비록 다시 목덜미를 부여잡고 잠에 빠질지언정. 때때로 어떤 애정도 해내지 못 하는 일을 어떤 영화는 해낸다.

비긋고 허기도 달랠 겸 상영관 앞에서 맛이 다른 핫도그 두 개를 반반씩 나눠 먹고 영화를 보았다. 우리가 혹은 내가 몰랐던 켄 로치는 이런 것이다.

그는 한 풍자극에 대타로 출연하며 배우 생활을 시작했고 평소에는 뮤지컬 영화를 즐겨보는 뮤지컬 애호가이며 한동안 영화를 찍지 못하게 되자 먹고살기 위해 네슬레 초콜릿, 맥도날드 햄버거 등의 상업광고를 찍었다. 축구를 보며 흥분하는 아버지와 아들이 등장하는 초콜릿 광고와 연인과 쇼핑할 때는 어딘가 기운 없던 남자가 맥도날드에 들어서자마자 빅맥을 외치는 햄버거 광고는 그 와중에도 참 켄 로치스러운 것이었다.

영화를 다 보고 극장을 빠져나오며 나와 짝꿍은 동시에 이런 소감을 전했다.

이렇게 귀여운 할아버지였다니!

우리가 혹은 내가 몰랐으나 어쩐지 알고 있었던 것도 같은 켄 로치는 이런 것이다.

에스파냐 내전 당시 좌익계 민병대원의 이야기를 그린 작품 〈랜드 앤 프리덤〉에 얽힌 이야기를 회고하던 켄 로치가 영화에서 블랑카를 연기한 배우 로자나 패스터와 나누었던 대화를 떠올리며 눈물을 글썽였다.

당신을 죽여야 할 것 같아요.

죽고 싶지 않아요.

죽일 수밖에 없을 것 같아요.

영화 속 인물을 마치 산 사람처럼 대했던 감독과 영화 속 인물을 살았던 배우의 대화는 감격스러운 것이었다. 그것은 예술이란 무엇이냐는 거창한 물음에 대한 꾸밈없는 대답 같았고 예술가로 산다는 것에 관한 단순한 진리 같기도 했다. 아마도 그 컴컴한 공간 속에서 큰 스크린으로 영사되는 켄 로치의 얼굴을 보면서 짝꿍 역시 여러 번 마음을 쓸어내렸을 것이다.

이제 영화는, 〈케스〉의 핵심 이미지는 자유롭게 나는 새와 발이 묶인 아이라는 말, 〈달콤한 열여섯〉〈앤젤스 셰어〉〈룩킹 포 에릭〉 같은 작품은 가족을 위해 다른 삶을 선택하게 되는 이야기라는 말, 교통사고로 다섯 살 아들을 잃은 뒤에 행복을 모르는 사람으로 바뀌었다는 말, 가슴에 바위가 자리 잡았다는 말, 배우가 그 사람이 되는 시간이 필요하므로 시간 순으로 영화를 찍는다는 말, 영화에 삶을 담기 위해서는 정치를 담을 수밖에 없다는 말, 삶이 삶을 구한다는 말, 끝에 다음과 같은 말을 이어 붙이며 끝난다.

나쁜 놈들.

그때, 켄 로치의 얼굴.

나와 짝꿍은 우산 하나를 둘이 나눠 쓰고 숙소에 가서 짐을 풀고 해장국 두 그릇을 먹을 때까지도 켄 로치에 관해 이야기를 나누거나 켄 로치가 말한 나쁜 놈들에 관한, 켄 로치의 삶과 영화에서 받은 감명에 관한, 우리가 바라보았던 켄 로치의 얼굴에 관한 생각에 빠졌다. 결국, 우리의 삶을 이야기하게 되는 영화의 얼굴이 있다.

숙소로 돌아와 짝꿍은 쉬고 나는 욕조에 뜨거운 물을 받아 놓고 누워서는 욕조가 있는 집에서 매일 같이 이렇게 쉴 수 있다면 얼마나 좋을까, 욕실을 둘러싸고 있는 유리를 보면서 이런 유리 인테

리어는 도대체 누굴 위해서 존재하는 것일까, 뜨거운 연인 사이를 떠올리고 괜히 발가벗은 몸을 전시하며 짝꿍을 부르기도 하였다.

그러다 다친다.

이런, 삶이라서 그날 밤 나와 짝꿍은 각자의 침대에서 코를 골고 이를 갈며 숙면을 취했다.

나와 짝꿍이 처음으로 함께 본 켄 로치 영화는 〈보리밭을 흔드는 바람〉이다. 2006년 10월 26일 '드림시네마'에서였다. 우리는 2층 다열 57, 58번 좌석에 앉았다. 그로부터 사흘 뒤에 '하이퍼텍나다'에서 열린 켄 로치 특별전에서 〈레이드버드 레이디버드〉를 보았다. 좌석 뒤에 붙어 있던 배우 혹은 감독의 이름은 기억나지 않는다. 2008년 노동절 즈음에는 '브로드웨이 극장'에서 〈그들 각자의 영화관〉을 보았다. P13, 14 좌석. 그해 10월 3일에는 '아트선재센터'에서 〈자유로운 세계〉를 보았는데, 그때를 우리는 이렇게 회고한다. 영화도, 시국도, 우리의 삶도 어두웠노라. 〈룩킹 포 에릭〉과 〈루트 아이리쉬〉는 국내에서 개봉되지 않았다!

드림시네마, 하이퍼텍나다, 브로드웨이, 아트선재센터는 모두 사라졌다.

무려 5년 뒤인 2013년 6월, 켄 로치의 영화를 다시 스크린으로 볼 수 있었다. 〈앤젤스 셰어〉였다. 영화에 삽입된 프로클레이머스의 〈I'm Gonna Be(500 Miles)〉를 MP3에 담아 다니며 들었고 훗날, 행진곡으로 쓰리라 마음먹었다. 같은 해 12월 3일 서울독립영화제에서 (만세!) 〈1945년 시대정신〉을, 2014년 10월에는 씨네큐브에서 〈지미스 홀〉를, 2016년 11월 25일 19시 30분, 서울아트시네마에서 〈나, 다니엘 블레이크〉를 보았다. 울었다.

한번은 내가 짝꿍에게 물었다.

켄 로치 감독은 우리 같은 사람들 얘긴 안 찍을까?

한번은 짝꿍이 내게 제안했다.

〈런던 프라이드〉 이야기로 책을 끝내는 건 어때?

영화 〈런던 프라이드〉는 마거릿 대처 수상 집권 시절 정부의 부당한 탄압으로 광부들의 장기 파업이 진행되던 1984년에서 1985년에 있었던 실제 사건을 바탕으로 한 작품이다. 영화는 파업 광부들과 성소수자들의 연대 행진으로 끝을 맺는다.

마거릿 대처는 현대 영국 총리들 중 가장 분열적이고 가장 파괴적인 사람이었습니다. 대량 해고, 공장 폐쇄, 공동체 파괴. 이게 그녀의 유산입니다. 그녀는 싸움꾼이었고, 그녀의 적은 영국 노동 계층이었습니다. 그녀의 승리는 정치적으로 부패한 노동당 지도자과 노조 지도자들의 지원에 힘입은 것이었습니다. 오늘날 우리 사회가 엉망진창인 이유는 그녀가 시작한 정책들 때문입니다. 다른 총리들도 그녀의 길을 따라갔습니다. 토니 블레어는 잘 알려진 경우죠. 대처는 거리 공연 악사였고, 블레어는 원숭이였습니다. 대처가 넬슨 만델라를 테러리스트라고 불렀다는 사실을 기억하십시오. 고문자, 살인자 피노체트와 차를 함께 마셨다는 사실을 기억하십시오. 어떻게 그녀를 기려야 하냐고요? 그녀 장례식을 민영화합시다. 경쟁 입찰에 맡겨서 가장 싸게 부르는 업체를 받아들입시다. 그녀는 그런 걸 원했을 듯합니다.

<u>켄 로치가 마거릿 대처의 장례식을 두고 한 발언</u>

내 삶을 켄 로치 감독이 만든 영화와 어렵게, 쉽게 묶는 사이 때때로 면역력을 잃어 질병을 앓기도 했고, 토마토와 새우를 푹 끓여 먹기를 즐겼으며, 사랑니를 뺐고, 술을 잠시 멀리했고, 휴일 낮잠은 어쩌다 한 번. 평일 아침이면 '오늘 회사 가지 말까'라는 생각에 굴복하지 않기 위해 서둘러 세수했고 부모로부터 오이소박이와 총

My Name is

각김치와 배추겉절이와 장아찌, 콜라 페트병에 든 참기름과 사이다 페트병에 든 들기름, 헛개나무즙과 칡즙, 벌꿀과 밤, 심지어는 믹스커피까지 받아 챙겨 먹었다. 부모는 때때로 아파트 동, 호수를 적지 않고 택배를 보내왔으나 택배는 무사히 집 앞에 놓여 있었다. 단골손님. 회사에 다니며 야근을 정기적으로 했고 인근 맛집 〈속초 동명항〉에서 두 번의 회식을 하고 그때마다 동료들과 먹고사는 얘기보다는 실없는 그리하여 진솔한 농담을 주고받았다. 강경석 실장님이 주도했다. 입사 후배인 나를 두고 지영은 "먼저 퇴사하기 있기, 없기" 같은 말로 후배의 간담을 서늘하게 했고 그런 서늘한 말을 하기까지 그녀가 꽤 서늘한 시간을 일터에서 보냈을 것으로 생각하니 역시 먹고사는 일이 인생의 과제처럼 느껴졌다. 그럴 때, 써야 할 말, 쓸 말이 생겨나서, 썼다.

인생의 과제에 관하여 생각해본 적이 별로 없다. 살다 보니 그게 인생의 과제였을 뿐. 혹시 그런 걸 생각해보신 분 있으면 손.

하면 짝꿍은 손을 들지도 모르겠다. 켄 로치라면 어떨까.

〈켄 로치의 삶과 영화〉 속 한 장면.

〈나, 다니엘 블레이크〉에서 무료식료품 배급소를 찾은 케이티가 허기에 못 이겨 통조림을 따먹으며 무너지는 씬을 촬영하는 모습이 나왔다. 슬레이트에는 이렇게 적혀 있었다.

171씬 3테이크.

그때 켄 로치에게 당면한 인생의 과제란 171씬을 몇 번의 재촬영을 통해 완성하는 것이었을 테다. 매번 최선을 다해 그 사람을 살아내는 배우들과 매 순간 혼신의 힘을 다하는 스텝들의 결과물들 속에서 단 하나의 OK 장면을 뽑아내는 일은 대단히 단호한 결심이 있어야 가능한 일이다. 인생의 과제란 결국 현재의 결심과 현재의 실행에서부터 시작하고 끝나는 것. 그러므로 이 책 역시 내 인생의 과제 중 하나임이 분명하다.

글을 길게 썼으나, 다시, 영화가 찍고 싶어졌다.

〈영화적인 삶 1/2〉을 찍을 수 있게 도와준 영화 스승이자 친구인 전현구 감독은 〈진심이 생기는 순간〉이라는 제목의 영화를 찍었다. 어느 여름엔가는 그 말을 오래 되뇌었다. 그와 둘이서 열기로 가득한 주택 옥상에서 여름 구름을 찍던 날이 문득 떠오를 때면 미약한 환희에 젖는다. 무엇이었을까. 그 별 볼 일 없어 보이던 진심은.

씨네필이며 오랜 친구인 박정도 감독은 〈이른 아침의 아담처럼〉이라는 영화를 찍고는 이런 연출 의도를 적었다.

"일을 그만두지 않고 돈 없이 영화를 찍을 수 있는 방법을 생각했습니다. 돈이 없으면 시간을 들여야 한다고 생각했습니다. 그래서 옥탑에서 혼자 살아가는 1년 동안의 나 자신을 찍기로 했습니다. 먹고, 자고, 보고, 듣고, 읽고, 쓰고, 일하고, 춤추는 영화광이자 노동자인 제가 담겼습니다."

언젠가 박정도가 첫 단편영화를 찍을 때, 그가 〈Part Of Your World〉에 맞춰 춤을 추는 본인을 트래킹샷으로 찍기 위해 휠체어를 이용해 애쓰는 모습을 목격한 적이 있다. 지금도 〈Part Of Your World〉를 들을 때면 인어공주보다는 박정도의 춤사위가 떠오른다. 작은 기쁨에 빠진다. 무엇일까. 이 하찮아 보이는 진심은.

계속해서 먹고살기 위해 고군분투하면서도 자신의 영화를 놓지 않는 현구와 정도를 새삼 응원한다.

씨네필인 짝꿍도 언젠가 다시 영화를 찍으면 좋겠다.

돈을 주고 싶다.

그걸로 점수를 따고 싶다. 어디에 써먹을지도 모르면서.

짝꿍이 아니었더라도 나는 켄 로치의 영화를 보았을 것이다. 그러나 짝꿍 덕분에 적어도 나는 이십대부터 켄 로치의 삶과 영화를 소중히 여길 줄 알게 되었다. 켄 로치에 관해서라면 아마도 나보다는 짝꿍이 더 근사한 글을 쓸 수 있을 것이다. 언젠가는 그것을 지금 이 책의 짝꿍으로 삼고 싶다(이런 낭만풍이라서 죄송합니다).

투명한 모습으로 나타날 때까지 응원을 아끼지 않은 최지인 편집자와 편집자가 아닐 때면 "형, 20대는 원래 이렇게 힘든 거예요?" 질문해준 최지인 시인에게 고맙다.

이부록 작가님. 이 책의 절반은 제가 나머지 절반은 마땅히 당신의 것. 붉은 것보다는 푸른 것이 검은 것보다는 흰 것이 더 많은 말을 하기도 한다는 것을 보았습니다.

해진 누나, 누나가 첫 독자라서 두렵지 않아요.

글을 길게 쓸 때와 마찬가지로, 영화가 찍고 싶어지면 결국 나를 둘러싼 사람들이 먼저 떠오른다.

모두 안녕하세요.

끝으로 영화 〈런던 프라이드〉에서 성소수자와 여성과 노동자들이 함께 부르던 노래의 일부를 옮겨 적는다.

우리의 삶이 착취당하지 않기를/ 태어날 때부터 숨이 다하기 전까지/ 가슴도 몸만큼 허기집니다/ 빵과 장미를/ 함께 주세요

우리가 행진하고 행진할 때/ 수많은 여자가 죽었죠/ 우리는 노래를 통해 목소리를 내고/ 선조들은 빵을 부르짖었답니다/ 예술과 사랑/ 그리고 아름다움 그들의 고된 영혼도 알고 있죠/ 우리는 빵을 위해 싸우지만/ 장미를 위해 싸우기도 합니다.

2017년 7월 23일

김현

Videoüberwachung
Allianz Datenschutz
Königinstr. 28
80802 München

CITY

MANUAL

MANUAL

MANUALISM

ISM

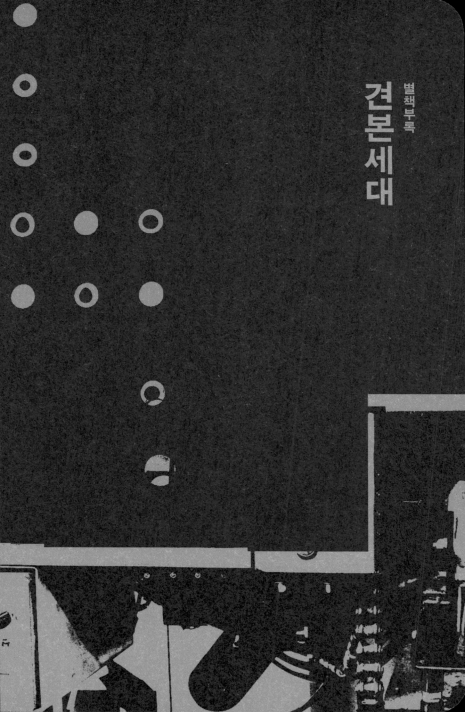

별책부록

견본세대

1

마지막 날이다.

그릇 판매대 앞에 서 있겠다던 너는 문구 판매대 앞에 있다. 내가 너에게 다가섰지만 너는 여전히 대책이 없는 표정으로 무언가를 유심히 들여다볼 뿐이다. 그것은 시간일지도 모른다. 나는 생각할 수 있었다. 시간 앞에서 우리는 늘 어떤 방책도 세울 수 없으니까. 나는 너와의 약속 시각을 지나쳤다. 두 정거장쯤. 시간을 지나가고 시간을 되돌아온 셈이다. 사정이 있었지만, 너에게는 말하지 않기로 한다. 사정은 누구에게나 있고 사정을 만드는 것도 나의 잘못이라고 말하곤 하는 너였으니까. 평소대로의 너라면 이제부터 몇 시간을 칭얼댈 것이 분명하다. 나는 화낼 수도, 화내지 않을 수도 없는 상태로 시간을 버텨야 할 것이다. 시계를 봐둔다. 시간을 기억해두는 일로 언젠가 너를 달래야 할지도 모른다.

왜 여기 있어.

어, 왔어?

저쪽에 있겠다더니.

늦게 온 게 누군데. 나 발 아파.

나는 네 발을 빠르게 내려다본다. 하늘색 운동화. 못 보던 신발이다. 운동화는 한눈에 보기에도 작다. 너는 하루를 꼭 맞게 시작했구나. 나는 앞날을 내다본다. 미래 같은 것이 아니라 미래에 아직 당도하지 못한 시간 같은 것들을. 아직 내가 시작하지 못한 너의 시간을.

인터넷으로 샀는데 너무 꼭 맞네.

운동화 같은 걸 왜 인터넷으로 사.

싸니까 사지. 네가 비싼 걸 사주든가.

너는 말하고 웃고 나는 할 말이 없고 웃지 않는다. 나는 지금까지도 벌이가 변변찮은 사람. 나라는 사람은, 영화를 찍겠다고 10년을 현장에서 보냈지만 남은 건 빚뿐인 사람이다. 나는. 누가 시켜서 한 일도 아니었고 하고 싶은 일을 열심히 했지만 통장 잔액은 언제나 20만 원을 넘지 못했다. 영화판 어딜 가나 처음에는 원래 다 그런 거라고, 버티면 된다고, 영화는 근성이라는 말을 들었지만 영화판 어딜 가나 시작일 뿐이었고, 어디서나 버티는 사람들뿐이었고, 그러다 보니 영화판 근성 10년은 어디 가서 명함도 못 내밀 것이었다.

이런 나에 비하면 너는. 너라는 사람은. 처음부터 잘 살아온 사람이다. 처음부터. 너는 번듯한 직업이 있고, 한 번도 학자금 대출을 생각해본 적이 없고, 아르바이트로 용돈을 벌어보지 않았으며, 배가

고파서 유통기한이 지난 삼각김밥 같은 걸 먹어 본 적이 없는 사람이다. 외톨이가 되어 보지 않았고, 자살 같은 건 시도해보지 않은 사람. 너는.

한 번도 쓸모없어진 적이 없는 사람이다. 너는 천냥백화점에서 밥그릇과 화장품과 주방용품을 구경하기 좋아하지만, 한 번도 그런 물건을 사지 않는 사람. 너는 싸서 좋지만 싼 게 비지떡이라고 말하며 뒤돌아서는 사람이다. 듣는 사람의 상황이나 기분은 아랑곳없이 자기 할 말을 다 해버리고 마는 사람. 그러나 악의가 없어 너는. 언제나 뒤늦게 상대방을 관찰하고 미안한 표정을 짓고 자신이 생각하지 못한 바를 잘못이라고 고백하는 사람. 속죄를 잘 하는 너는 어쩔 수 없이 시간 앞에서 자기중심적인 사람이다.

나는 그런 너와 9년째 연애 중이다.

오늘 많이 걸어야 하는데 편한 신발을 신고 오지.

걷지 말고 택시 타면 되지.

나가자, 시간 없어.

가게를 나서자 바람이 차다. 너와 나는 파란색 면 마스크를 꺼내 착용한다. 우리는 동시에 서로의 얼굴을 쳐다본다. 너는 샐쭉 눈웃음치고 나는 지퍼를 올리는 시늉을 한다. 너는 패딩 지퍼를 끝까지 올리고는 모자까지 뒤집어쓴다. 오래 걸어 다니기에는 추운 날씨지만 어쩔 수 없다. 오늘이 국민임대주택 견본을 볼 수 있는 마지막 날이기 때문이다. 오늘 안에 적어도 네다섯 군데는 들려야 한다. 네 얼굴은 이미 지쳐 있다. 너는 운동화 뒤축을 계속 보도블록에 툭툭 친다. 신발이 문제긴 문제인 듯 보인다.

가방 줘. 내가 들어줄게.

안 무거워. 따뜻한 음료나 하나씩 마시자. 너무 춥다.

너는 말이 끝나기 무섭게 뛰어서 길을 건너기 시작한다. 신호가 바뀐다. 건너간 너와 건너가지 못한 나. 너는 나를 기다리고, 나는 너에게로 가는 신호를 기다린다. 신호를 기다리면서 나는 네 얼굴을 살핀다. 파란색 면 마스크를 쓴 얼굴은 더 작아 보이고 더 착해 보이고 더 늙어 보인다. 사물에는 제각기 가진 힘이 있다. 파란색 면 마스크는 어쩐지 늙어가는 사람에 관해 생각하게 한다. 평화로운 일상이거나 이제 평화만이 남은 일상을 살아내는 사람을. 천연히 죽음에 더 가까워지는 삶이란 저렇게 볼품없이 파랗고 이내 보풀이 일고야 마는 시간을 뒤에 숨기고 있는 게 아닐까. 너는 연신 이쪽저쪽으로 고개를 돌린다. 잠깐 한눈파는 사이 너는 내 시야에서 벗어난다.

거기서 기다려. 편의점 갔다 올게.

신호와는 상관없이 네가 나에게 문자메시지를 보내왔다. 나는 네가 없는 자리를 보며 제자리에서 움직인다. 움직일 수 있어서, 지난날을 생각한다. 과거 같은 것이 아니라 과거에서 벗어나지 못한 시간을. 아직 네가 머물러 있는 너의 시간을.

너와 나는 오늘 처음으로 함께 살 집을 구하게 될지도 모른다.

2

가파른 언덕을 한참 올라와 더 이상 오를 때도 없다, 하고 보니 아파트 단지 하나가 눈앞에 나타났다. 너와 나는 마스크를 벗고 숨을 돌린다. 한눈에 보기에도 오래된 아파트들이다. 단지 내로 들어서자 악취와는 또 다른 묘한 냄새가 코끝에 와닿는다. 낡은 냄새라고밖에 할 수 없는 냄새. 아버지의 냄새이며 어머니의 냄새이고 할머니의 냄새이며 할아버지의 냄새라고밖에 할 수 없는 냄새. 쓰레기라기보다는 찌꺼기의 냄새이고 분리수거되고 있는 삶의 냄새다. 며칠을 씻지 않고 살 수밖에 없는 영화판의 냄새. 너는 코를 막는다. 나는 참는다. 나의 냄새다. 너의 냄새는 아니다.

관리사무소가 있는 아파트 1층 로비로 들어서자 선득한 기운이 돈다. 마지막 날이긴 하지만 시간이 일러 집을 보러 온 사람들이 많지 않은 듯했다. 관리사무소를 찾아 들어서자 책상에 앉아 CCTV 화면을 들여다보고 있던 젊은 소장이 고개를 돌려 묻는다.

견본세대 보러 오셨어요?

네.

잠깐만요.

사무적인 사람에게서 흔히 볼 수 있는 무료한 자세처럼 소장은 의자에서 일어나 기지개를 크게 켠다. 의자에 걸려 있던 외투를 들어 입는다. 모든 게 미리 짜인 매뉴얼처럼 느껴진다. 어쩌면 저 젊은 소장은 누군가에게 가만히 앉아 있는 법을 가르쳐주는 사람인지도 모른다. 가만히 앉아 있다가 서서히 떠오르는 법을 알고 있는 사람, 소장은 무거운 사람처럼 보인다. 채식을 하며 살찌우는 일로 자신을 수련하는 숨은 고수라고 할까. 나는 너에게 들려줄 이야기를 생각한다.

소장은 우리를 앞장세우며 관리사무소를 나섰다. 소장은 거대한 몸으로 가볍게 걷는다. 너는 그 뒤를 따른다. 순한 수련생처럼 운동화에서 뒤꿈치를 뺀다. 결국은. 나는 너의 검정색 줄무늬 양말을 본다. 너는 가만히 앉아 있는 법을 정말 배우고 싶은 건지도 모른다. 엘리베이터 앞에 선다. 소장이 엘리베이터 버튼을 누른다.

차 끌고 오셨어요?

아뇨, 걸어왔는데요.

힘드셨겠네. 전철역 앞에서 버스 타고 오면 되는데.

아, 저희가 초행이라서….

안녕하신가?

한 남자의 어눌한 목소리가 예의를 차린 대화 속으로 불쑥 끼어든다. 50대쯤으로 보이는 남자다. 눈이 풀린 남자다. 술에 취한 남자다. 아침부터 술에 취한 남자의 꼴이란 대개 검은 얼굴에 쑥 들어간 광대와 쪽 째진 눈과 부르튼 입술을 가지고 있다고 배웠다. 남자 역시 꼭 그러하다. 전형적인 생김새란 모름지기 그러해서 그렇게만 보인다. 남자의 얼굴은 오래전에 존재했던 한 남자를 떠올리게 하였다. 나의 아버지. 나의 외삼촌. 나의 첫 남자. 한물간 사람으로서 모두 같은 한 남자들은 우물에서, 집에서, 시화방조제에서 발견됐다. 빠져 죽지 않은 채로, 알코올에 중독되지 않은 채로, 토막 나지 않은 채로. 그들은 태어난 순서대로 전성기를 보냈고, 망가졌고, 죽었다. 전형적인 삶이란 모름지기 그러해서 그렇게만 구성되어진다. 너는 남자를 힐끔 보고는 고개를 돌린다.

안녕하세요? 뭐 사오시나 봐요.

소장은 볼 것 다 보았다는 얼굴로 남자에게 인사를 건넨다. 보면 모르냐는 표정이 남자를 사로잡는다. 남자의 손에는 소주 한 병과 명품 잉어빵이라고 적힌 종이봉투가 들려 있다. 차가운 것과 뜨거운 것으로 하루를 견뎌야 하는 사람이 사는 곳이다. 이곳은. 차가운 것으로 몸을 덥히고 뜨거운 것으로 몸을 찬 데로 굴리는데 이골이 난 남자들이 사는 곳. 아마도 열불과 오한이 오가는 삶을 담고 있을 것이다. 이곳은. 친애할 수 있는 남자의 삶이란 이런 곳에서 가능하다.

새로 이사 오시는 분들이신가?

예, 집 보러 오신 분들이에요.

나는 조순조라고 합니다.

남자는 너에게 손을 내민다. 너는 손을 내밀어 남자와 악수를 나눈다. 때마침 엘리베이터가 도착한다. 우리는 막연한 기대 속에 엘리베이터에 오른다. 엘리베이터에서 시작된다. 사건은. 나는 너에게 들려줄 이야기를 떠올려본다. 나는 집이 네 마음에 들기를 바란다.

너는 오늘 하루를 소설로 쓸 수 있기를 바랄 것이다. 소장은 가만히 앉아 있기를 바라고, 조순조 씨는 잉어빵이 식지 않기를 바라고. 막연한 기대란 모름지기 우리를 벌써 이웃사촌인 양 보이게 만든다. 이런 곳에서 이런 기대를 하며 이런 식으로 사는 사람들로서 우리는 모두 한 남자다.

엘리베이터는 올라가고 조순조 씨는 말을 쏟아낸다. 이 아파트가 보기보다 따뜻하다 하고, 이 아파트에 사는 사람들 절반이 노인네들이다 하고, 노인네를 뺀 사람들이 우리 같이 하루 벌어 하루 먹고사는 이들이다 하고, 그러다 보니 아파트에서 감쪽같이 사라지거나 종종 죽어나가는 사람들이 있다고 한다. 전형적인 말이다. 술기운에 하는 말이란 게 원래 다 그런 거니까. 이제는 누구도 다 아는 말. 너무 많이 들어버린 말. 말뿐인 말. 대한민국의 말이다. 너는 그런 말에 단 한 번도 눈길을 주지 않는다. 얼굴을 돌려 거울을 들여다보고 있다. 거울 속에서도 남자의 얼굴은 사라지지 않지만 너는 거울 속이라면 모든 게 허상이라고 생각하는 것처럼 보인다. 우리는 조순조 씨의 삶으로부터 얼마나 멀리 떨어져 있을까. 나는 시계를 본다. 시간을 기억한다.

고독사라고 들어봤지요?

에이, 그만 하세요.

소장이 조순조 씨의 말을 가로막았다. 조순조 씨는 '내가 조순조요'라고 중얼거렸다. 기억하기 좋은 이름이다. 나는 생각한다. 기억해달라고 하기 좋은 이름. 나의 아버지는 김가였고 나의 외삼촌은 조가였으며 나의 첫 남자는 류가였다. 이곳으로 이사를 오게 된다면 나는 그의 이름을 기억하고 내가 김가임을 밝히고 그와 이웃사촌이 될 수도 있겠다고 생각한다. 무모하게도. 너는 그에게 노르웨이 고등어 한 토막을 구워서 가져다 줄 수도 있고 나는 너에게 잘했다고 말할 것이다. 너는 나의 말을 잘 들어주는 사람이니까. 나는 너를 칭찬하는 사람이니까.

전용면적 34.69제곱미터, 보증금 2387만 원, 월 임대료 20만 4800원.

이곳은 보기보다 크고 보기보다 싸고 보기보다 사람이 살고 있는 곳이다.

3

문을 열고 집으로 들어서자 왼쪽으로는 작은방이, 오른쪽으로는 주방이 보인다. 작은 방 옆에는 세탁실이 붙어 있고, 그 옆으로 화장실. 닫혀 있던 미닫이문을 열자 큰방과 발코니가 나왔다. 작은 평수라서 구조라고 해봐야 크게 볼 게 없었지만, 소장은 이만하면 잘빠진 집이라고 말하고 너도 자연스럽게 그러네요, 하고 대꾸한다.

너는 상냥하고 친절한 사람처럼 보인다. 평소에 네가 누구에게나 보이고 싶어하는 그 모습 그대로. 사실 너는 실제로도 그러한 사람이다. 누구에게나 상냥하고 아무에게나 친절한. 그래서 이런저런 모임에도 자주 다니고, 이사람 저사람 아는 사람도 많다. 너는 늘 바쁘고 바쁘게 사는 게 최선을 다하는 삶의 증표라도 되듯이 그 바쁨을 정리할 줄 몰랐다. 나에게 일정이 빽빽이 적힌 다이어리를 보여주면서, 달력 가득 동그라미를 그려놓고서 너는 내가 너의 바쁨을 알아봐주길 기다린다. 너는 왜 이렇게 바쁘게 사냐고 물어봐 주길 원하고 그 물음 뒤에 이래서 저래서 가야 할 곳도 많고 자신이 거절을 못하는 성격이라서 만나자고 하면 다 만나야 한다고, 너 자신을 스스로 피곤하게 만든다고 말하며 내게 안기는 걸 즐긴다. 너는 그런 사람이다. 나는 너의 그런 점이 좋다. 내 말마따나 거절을 잘 못하는 것도. 다정한 것도. 좋아하는 사람에게는 속을 다 내보이고 싶어 하는 것도. 감추려고 해도 감춰지지 않는 속물적인 면도. 속물로서의 너는 어쩐지 진짜 삶을 살고 있다는 생각. 속물이 되고 싶지 않으면서도 순간순간 속물근성을 겉으로 드러내는 너는 한계가 있는 인간으로 인간미가 있다. 어떤 면으로는 절대 속물이 되지 않겠다는 고결함보다 그게 더 인간의 고결처럼 보이기도 한다. 현실과 이상, 양쪽에 두 발을 다 담그고 있어서 어느 한 발을 빼기만 해도 균형을 잃고 위태로워지고 마는 것. 그런 삶을 사는 사람으로서 우리는 연결된다.

집이 어떠시오?

언제 내려온 건지 조순조 씨가 집으로 들어서며 말했다.

내가 살아 봐서 아는데 혼자 살기에는 딱 좋소. 근데 두 분이서 같이 사시려는 거요? 친구 사이 같은데.

조순조 씨의 말이 끝나마자 무표정했던 소장의 얼굴에 희미하게 표정이 생겼다. 잊고 있던 게 떠올랐다는 듯이. 나는 웃어야겠다고 생각한다. 여느 때처럼 일단 웃고 보자고. 웃는 것으로 한숨을 돌리자고.

아니요. 저 친구 혼자 살 거예요.

너다. 분명히.

지금 너는 너고 나는 나다.

그래, 나이들도 좀 있어 뵈는데 짝들을 찾아 살아야지. 내가 혼자 살아 봐서 아는데, 사람은 다 필요 없고 그저 옆에서 등 긁어줄 수 있는 사람만 있음. 나도 맘 같아서는, 그 요즘에는 베트남이니 뭐니 그런 데서 새파랗게 젊은 여자들이 시집오는 세상이니까.

나는 웃는다. 그제야. 너는 웃지 않았다. 너는 조순조 같은 인간을 가까이 하지 않으니까. 너는 한껏 짜증이 나 있는 얼굴이다. 너는 휴대전화를 꺼내 들고 나와 소장과 조순조 씨를 지나 밖으로 나간다.

아저씨 술 취하신 거 같은데 얼른 올라가세요. 이분들도 바쁘신 분들이니까.

아니 나는 새로 이사를 온다니까 설명, 설명을 해주는 거지. 여기가 어떤 곳인가, 뭐하는 곳인가. 누가 사는 곳인가. 안 그래 총각?

예, 그럼요.

나는 웃고 대답하고 본다. 여전히. 너는 웃지 않고 현관에 서 있다. 너는 왜 자꾸 같은 표정을 지어보이는 걸까. 10시 28분에도. 10시 55분에도. 시계를 본다. 나는 시간을 기억해 둔다. 언젠가 시간이 해결하는 게 있을 것이다. 나도, 소장도, 조순조 씨도 모두 너를 향해 돌아선다. 시간이 지나도 변하지 않는 너의 얼굴을 나는 재차 본다. 다른 사람들은 너의 어떤 얼굴을 보았을까. 소장은 이사 올 생각이 없는 너의 얼굴을 보았을 것이다. 조순조 씨는 너의 얼굴 같은 건 눈에 보이지 않았을 것이다. 그는 이제 누구의 얼굴을 들여다보는 사람이 아니니까. 아마도 그는 너의 얼굴 뒤를 보았을 것이다. 복도 난간 너머 텅 빈 하늘을. 그 텅 빈 땅. 그는 이제 가만히 앉아 있다가 떠오르는 방법 같은 게 필요 없는 사람이니까.

나는 걸어 나가며 너의 얼굴을 똑똑히 본다.

이 시간은 너의 얼굴을 그저 얼굴로 보는 것만으로도 충분하다.

이 순간만큼은. 너는 돌아선다.

4

사람 살 곳이 아니야. 이런 집을 보려고 여기까지 올라온 거야.

아파트 단지를 빠져 나오며 너는 말한다.

우리 저렇게 늙진 말자. 지금이 몇 신데 술에 취해가지고서는….

너는 나를 한 번도 쳐다보지 않는다.

앞서 걷는다.

말한다. 말뿐이다.

이런 데 살면 나도 저런 사람이 된 것처럼 느껴질 거 같아.

나를 보고 말해. 나는 생각한다.

너는 지금 너로 가득 차 있다.

그럴 때가 있다. 네가 온전히 너로 가득 찰 때. 너로 가득 차서 너를 쏟아내기만 할 때. 그 비워진 자리에 다시 나를 넣을 수 있을 때까지 너는 너를 뱉어낸다. 그럴 때 나는 너로 가득하다. 너로 가득해서 너의 그 말들은 나에게 직격탄으로 날아든다. 사람이 살 곳이 아닌 곳으로 너를 데리고 온 나. 저렇게 늙을 수도 있는 나. 나는 참아낸다. 참아내는 사람이 된다. 참아내고, 말을, 돌린다. 너를 너로부터 끄집어낸다.

근데, 혹시 그 큰방 벽에 글씨 봤어?

뭐?

아니, 큰방에 들어서자마자 왼쪽 벽에 자그맣게 글씨가 적혀 있더라고. 옛날에 살던 사람이 써놓은 거 같더라.

글씨? 무슨 글씨?

철새를 타고 먼.

철새를 타고 먼?

어. 철새를 타고 먼이라고 적혀 있었어.

철새를 타고 먼.

철새를 타고 먼.

먼 뭘까? 먼 곳? 먼 사람? 먼… 순간?

철새를 타고 먼 나라로 가고 싶다, 그런 거 아닐까?

철새를 타고 먼 나라로 가고 싶다, 넌 어디로 가고 싶어? 철새를 타고 멀리 갈 수 있다면.

나? 나는… 핀란드?

핀란드?

핀란드에 호수가 하나 있어. 모오니오라는 호순데, 1년에 절반은 꽝꽝 얼어 있고 절반은 녹아 있지. 그곳에 가면 버려진 미니버스를 개조해서 사람들에게 임대를 해준대. 호수의 사계절을 모두 겪고 나면 그곳을 떠나야 하는 거지. 근데 신기한 건 그 호수의 물빛.

물빛?

어, 물빛. 녹아 있을 때는 여느 호수와 다름없지만 얼어버리면 녹색 빛으로 바뀐대.

얼어 있을 때만 녹색이 된다고?

응, 녹색. 그 얼음 호수 위에서 누군가의 이름을 말하면 그 사람의 가장 작은 소원이 이루어진대.

가장 작은 소원?

어, 가장 작은 소원. 큰 소원이 아니고.

너는, 이런 얘기라면, 너는, 이런 이야기를 얼마든지 좋아할 준비가 되어 있다. 모오니오에 가서 1년을 살게 된다면, 그 미니버스에서 너는 어떤 얼굴로 아침을, 정오를, 밤을 맞닥뜨릴까. 여름이면 곰팡이를 닦아내는 데 하루의 절반을 보내야 하는 방에서와는 다르게. 겨울이면 우릉우릉 소음을 유발하며 돌아가는 가스보일러가 있는 방에서와는 다르게. 화장실 벽 너머에서 들려오는 옆집 여자의 울음을 듣고 우울해지는 너의 삶과는 다르게. 뜨거운 물을 쓰기 위해선 물을 틀어놓고 한동안은 녹물을 빼야 하는 나의 삶과는 다르게. 라꾸라꾸 침대 위에서 껴안고 잠이 들었다 눈을 떠야 하는 우리의 삶과는 다르게. 전기장판이 고장 난 줄도 모르고 자꾸만 서로의 품으로 몸을 파묻던 우리의 삶과는 다르게. 전기세를 내면 가스비를 걱정해야 하고 가스비를 내면 수도세를 걱정해야 하고 수도세를 내면 다시 전기세를 걱정해야 하는 이 나라에서와는 다르게. 적게 벌고 적게 쓰는 일마저도 달관한 세대의 일로 규정지어지는 이 나라에서와는 다르게.

좋다.

나중에 같이 가자.

나는 화성에 있는 정거장에 가고 싶다고 말하려 했는데. 거긴, 돈 많은 사람들만 갈 수 있는 곳이니까. 그곳 사람들은 귀 뒤쪽에 흰 눈이라고 불리는 칩을 이식받아 산다고 해. 그걸로 모든 걸 다 할 수 있다고 하는데, 심지어는 독서도 그걸로 해결한다더라. 그 칩에 코드를 인식하면 책의 내용들이 뇌로 전달되고 저장된대. 읽지 않고도 읽는 셈이지.

이런 얘기라면, 이런 얘기라면 나는 얼마든지 좋아할 준비가 되어 있다. 그곳에 가서 흰 눈을 이식받고 살게 된다면, 그곳에서 나는 어떤 얼굴로 밥을 먹고, 책을 읽고, 섹스를 하게 될까. 낮이면 재고 정리를 해야만 돈을 벌 수 있는 서점에서와는 다르게. 밤이면 지갑에서 카드도 제대로 못 꺼내는 취객을 상대해야 하는 편의점에서와는 다르게. 불을 켜면 바퀴벌레 몇 마리가 사라지는 방에서도 밥상을 차릴 수 있는 나의 삶과는 다르게. 유리창마다 단열시트를 붙여도 찬방은 찬방일 뿐인 나의 삶과는 다르게. 라꾸라꾸 침대 위에서면 자꾸 내 손을 찾아 깍지를 끼던 너의 손이 있는 우리의 삶과는 다르게. 고장 난 전기장판을 어찌할 수 없어서 끙끙 앓는 너를 내 품으로 끌어당기는 우리의 삶과는 다르게. 월세를 내면 휴대전화 사용료를 걱정해야 하고 휴대전화 사용료를 내면 인터넷 사용료를 걱정해야 하고 인터넷 사용료를 내면 다시 월세를 걱정해야 하는 이 나라에서와는 다르게. 적게 벌 수밖에 없고 적게 쓸 수밖에 없는데도 다들 그렇게 산다고 정신 승리하는 이 나라에서와는 다르게.

너는 걷고 있다.

나도 걷고 있다.

너는 볼이 발갛다. 마스크를 써야지. 그걸 써야 춥지 않지.

마스크 쓰자.

나는 말한다.

너는 마스크를 쓰지 않는다.

손부채질을 하며 더워, 소리 없이 입술을 움직인다.

근데, 우리 제대로 가고 있는 거야? 계속 걸어서 가? 발 아픈데.

이쪽 근방이야. 저기 정류장 있다. 일단 저기로 가자.

그냥 택시 타면 안 돼? 둘이 타면 택시 요금이나 버스 요금이나.

좀만 참아요.

발 아파. 그 돈이 그 돈이라는데 왜 자꾸 버스를 타재.

택시 타고 가는 게 시간이 더 걸려. 버스 타는 게 훨씬 나.

너는 대꾸하지 않는다. 나는 말을 아낀다. 말로 멀리 가지 않는다. 말로 멀리 가는 순간 위태롭다. 너와 나는. 너도 익숙하다는 듯 계속해서 말이 없다. 너와 나는 정류장 의자에 가까이 붙어 앉는다. 그런다고 침묵이 줄어들지는 않는다. 버스 정류장에는 너와 나, 교복을 입은 여학생과 작은 개 한 마리. 작은 개는 오래전에 주인을 잊은 듯 보인다. 그런데도 작은 개의 눈동자에는 주인이 잔존한다. 슬픈 눈동자. 작은 개는 정류장 기둥 옆에 엎드려 있다. 마른 몸의 점박이. 너는 작은 개를 쓰다듬는다.

엄청 순하네.

그러게 얼굴이 순해 보인다. 주인이 없는 걸까? 주인을 기다리는 걸까?

주인을 기다리는 개로 하고 싶은데.

이름은?

이름?

어, 이름. 뭐라고 부르고 싶어.

음.

음.

조순조.

조순조?

어, 그 누구 닮은 아저씨.

이 귀여운 애한테 왜.

이름은 귀엽잖아. 조순조라니.

너는 웃는다. 나도 웃는다. 침묵은 작은 개.

너는 작은 개의 얼굴을 가만히 들여다본다. 눈꺼풀이 점점 내려
오는 개의 눈을 보고 있는 걸까. 이어폰을 끼고 서 있던 여학생이 그
런 너를 힐끔 보더니 휴대전화로 시선을 돌린다. 저런 개는 어떤 목
소리를 가지고 있을까. 나는 생각한다. 착한 목소리일 거라고.

멍멍

너는 멍멍 짓는 나를 본다. 왜 그래. 너는.

멍멍

너는 멍멍이라고 소리 내며 장난스럽게 혀를 쏙 내민다.

왜 그럴까.

너는.

나는.

다른 집은 사람이 살 만해야 할 텐데. 그럼 너의 발은 아프지 않
고 너는 저런 사람이 되어도 살 만할 테고 너는 너로 가득 차 있지
않고 나를 그곳에 자리하게 할 텐데. 그럴 텐데. 그렇다고 생각하자.

나는 생각한다. 생각하는 일로 우리의 말은 멀리 가지 않는다. 위태롭지 않고 줄어들지 않는다.

2분 뒤에 도착한다는 버스가, 버스가 도착한다.

왜 그럴까.

조순조는 눈을 감고 거기가 집인 양 잔다. 주인이 필요 없다는 듯이.

5

버스에 올라탄 지 얼마 되지 않아 나는 졸기 시작한다. 너는 운동화 위에 두 발을 올려놓고 창에 머리를 기댄 채 밖을 내다보고 있다. 내다보고 있을 뿐 너는 아무것도 보지 않는다. 너는 시간에 잠겨 있는 듯 보인다. 나는 감기는 눈으로 시간에 잠긴 너의 눈을 본다. 시간에 잠긴 너의 눈은 유난히 검고 흰빛은 더 희다. 너의 그 검고 빛나는 세계로부터 아마도 너의 소설들이 태어나는 건지도 모른다. 나는 온전히 눈을 감는다. 눈꺼풀의 무게를 가늠한다.

'너는 하루를 꽉 맞게 시작했구나.'

너의 소설을 처음 읽었던 때를 떠올린다.

연애 초였다. 지금은 사라지고 없는 지방으로 갑작스레 여행을 가게 되었다. 인공바다를 보고 싶어서였다. 그즈음에는 인공바다를 볼 수 있는 곳이 그리 많지 않았고, 최저가에 인공바다를 볼 수 있다는 광고에 속아 표를 끊었다. 지방으로 내려가 보니 인공바다는 그곳에서도 두어 시간 차를 타고 가야 했다. 차도 없이 버스를 이용해 그곳으로 내려간 너와 나는 어딘가로 움직일 수 없었다. 1박 2일은 짧은 일정이었고, 지방에 도착하니 이미 다 저녁때였다. 너와 나는 인공바다를 포기하고 호텔에 짐을 풀었다. 기왕 이렇게 된 거 푹 쉬기나 하자는 것이었다.

방은 기대보다 넓고 깨끗했다. 다행이었다. 한 번 속는 것과 두 번 속는 것은 아무래도 다르니까. 부대시설 역시 훌륭했다. 수영장과 사우나 그리고 동남아 일대의 음식을 맛볼 수 있는 타이패로우 식당들과 저렴한 가격을 자랑하는 이태리 음식 식당들이 1층을 꽉 채우고 있었다. 그중에서도 가장 훌륭했던 건 천체망원경 타워였다. 너와 나는 매점에서 샌드위치를 하나씩 사들고 곧장 그곳으로 갔다. 별을 보는 것을 좋아한다는 것으로 우리는 연결되었다. 타워로 가면서 너와 나는 별에 관해 이야기했고, 별의 자리에 관해 이야기했고, 무엇보다 오래전 사람들이 찾아 떠난 행성에 관해 이야기 나눴다. 너는 그 행성에서 사람들은 여기서 찾지 못한 행복을 찾았을까 궁금해 했고, 나는 아마도 그곳에서도 그들은 행복을 찾지 못했을 거라고 이야기해줬다. 그들은 여기서도 부족한 게 없는 사람들이었으니까. 그곳에서도 부족함 없이 지냈을 테니까. 물질적으로 지나치게 풍요로운 삶에서 행복을 찾는 유일한 방법은 그 풍요를 버리는 수밖에 없다고 나는 말했던 것 같다. 너는 그래도 돈이 많았으면 좋겠다고 한 것 같다. 그렇게 말이 오갔다. 나에게서 너에게로 말은 흘러가고 너에게서 나에게로 말은 다시 흘러왔다. 그렇게 왔다. 갔다. 우리는 타워로. 타워 꼭대기로.

천체망원경 앞에 서자마자 너와 나는 기뻤고 동시에 허탈해졌다. 그곳에 있는 천체망원경으로는 더는 별을 관찰할 수 없었다. 유효기한이 지난 사물. 그곳의 천체망원경으로 볼 수 있는 건 지방의 밤풍경뿐이었다. 그러나 너와 나는 천체망원경을 사용했다. 지폐 한장을 썼고 10분을 얻었다. 그곳에서 우리에게 허락된 시간은 그것뿐이었다. 돈이 없었다. 우리는 야경을 번갈아 보며 마치 별을 본 듯이 말했다. 별을 보지 못했다고 풀죽지 않았다. 너와 나는 손을 잡고 있었으니까. 천체망원경의 렌즈가 자동으로 걷어지자 나는 그제야 정신을 차렸다. 나는 당장 내려가 관계자들에게 따져야 한다며 흥분했다. 이런 관광 상품을 구입한 것도, 너를 이곳까지 올라오게 한 것도 미안했다. 미안해서 이 사태를 어떻게든 승리로 끝내고 싶었다. 그러나 너는 "이 정도로도 괜찮은데 뭐"라고 말했다.

너와 나는 타워를 빠져나와 숲으로 난 길을 걸어 내려왔다. 길 양편으로 고장 난 가로등과 고장 나지 않는 가로등이 번갈아 서 있었다. 누군가 일부러 그렇게 만들어 놓은 것처럼. 그 세트장에서 우리는 흔한 각본의 등장인물들처럼 입을 맞췄다. 너랑. 밤이 숲이네. 나는 그런 말을 할 줄 모르는 사람이라서 그런 말을 그렇게 쉬이 해버리는 너에게 입을 다시 맞췄다.

이러려고 데려 왔군.

너는 말하고 나는 그런 말을 할 줄 아는 너의 머리를 잘 쓰다듬어주어야겠다고 마음먹었다. 앞으로. 우리 사는 동안에. 그때.

들어 봐. 내가 쓴 음성소설이야.

너는 가방에서 소형음성장치 한 대를 꺼냈다. 처음이었다. 네가 음성소설을 쓰고 있다니. 너는 아직 플랫폼에 공개하기에는 수정해야 할 곳이 많지만 나에게 제일 먼저 들려주고 싶었다고 말했다.

너에게 처음으로 버튼을 눌러볼 수 있는 영광을 줄게.

너는 정말 그런 말을 할 줄 아는 사람. 나는 너의 머리를 쓰다듬고 재생 버튼을 눌렀다. 오랜 정적. 얼마 뒤 풀벌레의 울음이 흘러나왔다. 숲의 소리였고 밤의 소리였다. 잃어버린 세계의 소리였다. 풀벌레 한 마리와 풀벌레 두 마리와 풀벌레 세 마리, 풀벌레들의 소리가 점점 많아지고 넓어졌다. 그리고 백색경보. 잠시 후 소리는 사라지고 너의 목소리가 들려왔다.

'종암동 일대에 거대한 운석들이 떨어진 건 닷새 전이었다…'

너는 너의 목소리를 들으며 하늘을 올려다보고 있었고 나는 너의 목소리를 들으며 너를 들여다보고 있었다. 운석 때문에 신비를 깨우치고 운석 때문에 취업에 성공하지 않고 운석 때문에 정규직을 버리고 운석 때문에 굴뚝에 올라가고 운석 때문에 연대하고 운석 때문에 최초의 여성 대통령을 저격하고 운석 때문에 혁명을 일으키고 운석 때문에 평화를 일으키고 운석 때문에 사랑에 빠지고 운석 때문에 하나둘씩 죽어가는 인간들에 대하여 너는 소리 내어 썼다.

어느 지점에서 너는 울먹였고 격앙됐고 힘찼고 흐느꼈고 통곡했고 너는 너의 목소리를 잠시 잃었다. 네가 하늘에서 눈을 거둬 나를 쳐다보았을 때 나는 말했다.

검은 눈동자가 엄청 작구나.

너는.

나는.

인간은.

인류는.

저기 봐.

너의 목소리를 듣는다. 눈을 뜬다. 너는 손가락으로 창문 밖을 가리킨다.

저기, 저거 보여?

뭐?

저기, 복권집 앞에.

닭이다.

붉은 닭.

복권집 앞에 닭이라니.

거리의 사람들은 닭을 둘러싸고 사진을 찍는 데 열을 올리고 있다.

닭이잖아.

그지? 맞지? 닭.

어. 닭 맞는데.

가짜야. 진짜야. 닭일 리가 없잖아. 닭은 모두 사라졌으니까. 닭이 어디서 나타난 거지?

도로의 차들도 일제히 멈춰 있다. 시간이 정지된 듯하다. 사람들은 자신들이 자연의 일부라는 것을 뒤늦게 깨달은 것처럼 넋을 놓고 닭을 보고 있었다. 너 역시 휴대전화를 꺼내 사진을 찍는다. 그때다. 얌전히 전시를 자처하던 닭이 복권집 뒤로 달아났다. 사람들이 우르르 몰려가고. 시간은 다시 흐른다. 너는 휴대전화의 사진을 나에게 보여준다.

어떻게 된 걸까? 저 닭말이야.

운석 때문이 아닐까?

운석?

어. 운석 때문이다. 기억 안 나? 네가 처음으로 쓴 음성소설이잖아?

아, 그게 제목이 그거였나. 그거 버린 소설인데.

버렸다고?

어. 형편없었어. 요즘은 음성소설을 듣는 사람도 없고.

난 좋았었는데.

너는 옛날 사람이니까. 그러니까 집도 이렇게 옛날 집들만 구하지.

너는 운동화에 다시 발을 우겨넣는다. 옛날 사람처럼 보인다. 미련한 사람처럼 보인다. 너는. 남들처럼 보인다. 빠르게 살려고만 하는 사람처럼. 언제 어디서 어떻게 나타났는지 궁금해만 하는 사람처럼. 언제 어디로 어떻게 사라질지를 잊은 사람처럼. 닭은 어떻게 될까. 천체망원경은 어떻게 되었을까. 운석은 어떻게 되었을까. 너와 나는 어떻게 될까. 새로 구하게 될 옛날 집에서.

버스에서 내리면 우리는 어떻게 될까.

6

버스에서 내려 나는 시계를 본다. 서둘러 움직여야 관리사무소 점심시간에 걸리지 않을 것 같다. 다시 걸어야 한다. 다시 걷는 일을 너에게 말하지 않고 나는 앞장서서 걷는다. 너는 뒤따라 걷는다. 걷는 일이 이제는 지겨워진 사람처럼 너는 입을 연다. 왜 임대주택은 죄다 산꼭대기에 있는 걸까. 나는 너의 그런 말을 듣고도 버스를 타거나 택시를 타지 않는다. 조금만 더 걸으면 되겠지, 그렇게 차비를 아껴야지 싶다. "이 정도까지 온 게 아깝잖아"라며 나는 아무 말도 없이 너를 어르고 달랜다. "무슨 상관이야, 힘들면 타면 되는 거지" 너는 아무 말도 없이 야속하게 말한다. 나는 너의 그런 말을 듣고도 앞서 걷는다. 돌이킬 수 없다. 이렇게 되었으니까. 너는 떨어져 따로 온다. 이즈음의 오르막은 전형적이다. 모름지기 전형적인 오르막은 그러해야 해서 가파르고 오르고 올라도 끝이 없다. 조순조의 언덕처럼. 모든 오르막은 너와 나의 거리를 줄어들게 하지 않는다. 조금만 더 힘내. 나는 말없이 말하고 너는 지금까지 아무런 말도 하지 않는다. 대꾸하지 않음으로 해서 너는 택시를 타고 싶다. 나는 다 알지만 걷는다. 가까이 있으니까. 그곳은. 우리는 아직 건강하니까. 뜬금없지만 건강을 생각한다. 건강한 삶을 생각할수록 나는 너를 생각한다. 건강하지, 우리는. 이렇게 뜬금없다는 게 얼마나 어리석은가를 나는 생각한다. 지금, 여기에서 택시를 잡을 수 있을까. 나는 너를 향해 돌아선다.

갑자기 집은 왜 구하자고 해서 사람을 힘들게 해. 시간도 없는데.

멋진 순간이다. 정확한 순간이다. 아침부터 날아온 돌멩이가 이제야 뒤통수에 딱 부딪친 것 같은 순간. 이제야 너와 나의 시간이 합쳐지는 것 같은 순간. 나는 너를 기다리고 너는 내 앞에서 멈춰 선다.

나 혼자 살 집 구하는 거냐. 같이 살 집 구하는 거잖아. 그만 좀 해라. 아침부터 계속 투덜거리고 있잖아. 누구는 바쁜 일 없는 줄 알아. 나도 바빠. 나도 내 할 일 못하면서 이러고 있는 거라고. 너만 할 일 있는 거 아니야. 하루 종일 돌아다닐 줄 뻔히 알면서 편안한 신발을 신고 왔어야지. 누가 그런 신발을 신고 오라 했어. 힘들다고 계속 그럴 거면 그냥 가라. 나 혼자 돌아볼 테니까. 가. 옆에 있으면 나도 짜증만 나니까. 가.

나는 아무 말 없이 선 너를 두고 아무 말이나 하고 싶은 채로 돌아선다. 그제야 나는 쏟아냈다는 걸 안다. 쏟아냈구나. 결국에는.

너는 악의가 없었을 텐데. 너는 내 말 첫 마디에 미안해졌을 텐데. 너는 금세 기운이 없어질 텐데. 너는 억울한 게 있을 텐데. 하지만 쏟아내고 보니 시원하다. 너로 인해서가 아니라 나로 인해서 나는 시원하다고 생각한다. 너에게 해버린 말은 나에게도 해버린 말이니까. 너는 아마 말도 없이 다른 곳으로 눈을 돌리고 있었으니까.

　너는 쏟아내는 나를 잘 받아들이지 못한다. 서툰 사람이다. 너는. 너는 받는 데 익숙한 사람이니까. 너는 나를 따라오고 있을까. 뒤를 돌아볼 수 없다. 무작정 앞으로 걷는다. 이제야 힘이 든다는 생각. 너는 더 힘이 들었을 거라는 생각이 뒤늦게 스친다. 돌아서서 볼까. 돌아 서서, 멈춰 서서 볼까. 미안하다고 해볼까. 너는 네 뒤에 있을까. 진짜로 가버린 건 아닐까. 가버렸다면 어떻게 해야 할까. 면접을 준비하느라 늦었다고, 같이 작업했던 영화사에선 임금을 입금할 생각이 없는 것 같다고, 돈 좀 빌려줄 수 있겠느냐고, 대출을 받아 집을 구할 수밖에 없다고, 네가 첫 남자는 아니라고, 견본세대만 지나가면 행복할 수 있을 거라고, 같이 살면 머리를 더 자주 쓰다듬어 줄 거라고, 너의 음성소설을 계속 듣고 싶다고 말해버릴까. 봄이 오면 하늘색이 더 예뻐질 거라고, 돈을 많이 벌어서 모오니오 호수에도 가고 화성에도 가 본 이야기를 하는 사람들이 되자고, 이다음에는 별을 볼 수 있는 천체 망원경을 갖자고, 지금이라도 다시 가서 닭은 어떻게 됐는지 보자고 할까. 운석으로 황폐해진 종암동을 떠날 수 있게 됐다고 해볼까.

천천히 좀 가.

나는 너의 음성을 최대한으로 키운다. 최선을 다해 한 글자도 놓치지 않고 들으려고 노력한다. 너의 음성에 담긴 감정과 흐름과 효과를 들으려 한다. 나는 멈춰 선다. 기다린다. 시계를 본다. 시간이 필요할 것이다. 언젠가는 시간이 우리를 어딘가로 데려가리라. 시간을 기다린다. 네가 내 등을 툭 칠 때까지. 내가 미안해질 때까지. 너와 함께 걷고 싶으니까. 너의 두 발이 걱정되니까. 나는 돌아서서 너의 어깨에서 가방을 벗겨서 내 어깨에 멘다.

나라는 오르막길을 다 올라온 너는 순순하다. 순순한 너는 아직 나를 다 이해하거나 용서하지 않았을 것이다. 안다. 평소의 너라면 아마도 오늘 밤 나 사실은 하고 말을 꺼낸 뒤에 나의 반응을 살필 테다. 너를 받아주는 나를 다시 찾은 뒤에 너는 아마도 너의 작은 방으로 들어가 작은 개가 등장하는 소설을 만들 것이다. 시각과 촉각과 후각까지도 자극하는 소설을. 목소리가 사라져 버린 소설을.

어차피 관리사무소도 점심시간일 것 같은데 뭐 좀 먹을까?

내가 먼저 말한다. 나는 너와 밥으로 연결되고 싶다. 너와 나는 근처에 있는 밥집을 찾는다. 마을버스 정류장 옆에 위치한 자그마한 국숫집이 눈에 띈다. 햇빛국수집. 전면이 통유리로 되어 있어 볕이 좋은 날에는 가게 이름처럼 햇빛이 가득할 국숫집으로 너와 나는 들어선다. 오르막길 중간에 위치한 국숫집에는 손님이 거의 없다. 단골 장사나 하는 집 같다. 나와 너는 구석 테이블에 앉아 음식을 주문한다. 돈까스와 만두. 기껏 국수집에서 들어와 엉뚱한 음식을 시킨다. 아직 할 말이 남아 있기 때문. 너도 나도. 우리는 그렇게도 서로의 속을 내보인다. 나는 네 앞으로 컵을 옮겨주고 너는 내 앞으로 수저를 놓는다. 나는 냅킨으로 입을 닦고 너는 냅킨으로 상을 슥 한 번 훔친다. 나는 괜히 휴대전화를 확인하고 너도 괜히 휴대전화 액정을 팔소매에 문지른다. 말할까. 나는 생각하지만 아무런 말도 꺼내지 않는다. 너 역시 말할까 생각하고 있겠지만 아무런 말도 하지 않는다. 한숨 쉰다. 너는 내가 먼저 너에게 말 걸어 주길 바란다. 평소의 나라면 먼저 말을 걸겠지만 지금은 아니다. 평소의 너대로라면 아무 일도 없었다는 듯이 풀어지고 말 테니까. 아무 일도 없는 것처럼 시간은 흐른다. 그러나 아무 일도 없는 것처럼 오늘 나는 나일 수 없다. 그러니까 너도. 너는 내게 맛있는 음식을 해줄 필요가 없고 밤 산책을 하자고 할 것도 없고 내 성기를 빨아주지도 말고 나와 양치질하고 나와 손을 잡고 잘 것 없다. 너도 아무 일도 없는 것처럼 오늘을 보내지 마라. 나는 말하지 않는다. 오늘은 진지하게 생각을 한 번 해보는 날이다. 우리는 어떤 세대일까. 우리의 시간은 이렇게 동시에 흐른다.

이런 데서 살면 좋을 것 같아?

너는 불쑥 들어온다. 묻는다.

왜, 너는 싫어?

아니. 나는 아파트에서 살아본 적이 없으니까 잘 몰라서. 다세대

캡슐 주택 같은 데가 훨씬 정감 있기도 하고.

이웃들이랑 알고 지내는 것도 꺼려하는 사람이잖아. 너는.

아니, 뭐 그렇긴 한데. 그래도 아파트는 좀 무섭기도 하고.

혼자 사는 게 아니잖아. 이번에는.

그렇지, 우리 둘이 같이 사는 거지….

사실, 나는 오늘 좀 들떠 있었어. 너와 처음으로 함께 집을 보러 다니는 거니까….

너는 고개 숙인다. 너의 얼굴은 일그러진다. 전형적인 얼굴은 모름지기 그렇게 고개를 숙이고서 아무 말 없이 음식을 먹는 것이다. 너는 억울하겠지. 너도 나와 같은 마음이라고. 그걸 너에게 보여주지 못 했다고. 너는 다시 입을 연다. 너의 말을 듣지 않는다. 아니 듣지 못한다.

마지막 날이다.

만두를 한입 베어 물자 눈이다. 끝나는 눈이겠지. 다행히 눈발은 굵지 않다. 끝나고 사라지는 모든 것들이 그렇게 연약하고 희미하듯. 너는 썰어 놓은 돈까스 두어 조각을 내 접시에 담아 놓는다. 내리고 떨어지면 녹아 사라지는 눈. 햇빛국수집에서 바라보는 눈이란 눈은 모두 녹고 있는 것들뿐이다. 너와 나는 만두와 돈까스를 잘 나눠 먹는다. 눈의 속도로. 평화로운 정지를 나누어 먹듯이. 나는 시계를 본다.

몇 시야?

너는 시간을 묻는다.

너와 나는 국숫집을 나와 선다. 나는 담배에 불을 붙이고 너는 한걸음 떨어져 있다. 때마침 마을버스 한 대가 승차장에 도착한다. 너와 나의 창밖으로 줄지어 건설된 뉴타운 아파트들이 들어온다.

너에게 문자메시지를 보낸다.

너에게서도 답장이 온다.

저자 소개

이부록

대학에서 동양화를 공부했다.《기억의 반대편 세계에서─워바타》《세계인권선언》을 펴냈으며,《동양철학 에세이》《징비록》등에서 실험적이고 개성 넘치는 그림을 그렸다. 그림뿐 아니라 설치미술, 아카이브, 협업 전시 등 다양한 활동을 하고 있다.

김현

2009년《작가세계》를 통해 등단하였고, 시집으로《글로리홀》이 있다. 2012년 짧은 영화〈영화적인 삶 1/2〉를 연출했다. 단 한 번 의무 상영했고, 부끄러움을 알아서 줄곧 개인 소장 중이다. 켄 로치의 모든 영화를 극장에서 볼 수 있기를 바란다. 이반 씨네필들에게 특별히 인사를 전한다.

걱정 말고 다녀와 - 켄 로치에게

1판 1쇄 펴냄 2017년 7월 23일
1판 3쇄 펴냄 2019년 7월 19일

지은이 김현
그린이 이부록
펴낸이 안지미
제작처 공간

펴낸곳 (주)알마
출판등록 2006년 6월 22일 제2013-000266호
주소 우. 03990 서울시 마포구 연남로 1길 8, 4~5층
전화 02.324.3800 판매 02.324.2845 편집
전송 02.324.1144

전자우편 alma@almabook.com
페이스북 /almabooks
트위터 @alma_books
인스타그램 @alma_books

ISBN 979-11-5992-117-9 03810
ISBN 979-11-5992-042-4 (세트)

이 책의 내용을 이용하려면 반드시 저작권자와 알마 출판사의 동의를 받아야 합니다.

이 도서의 국립중앙도서관 출판예정도서목록CIP은 서지정보유통지원시스템 홈페이지
http://seoji.nl.go.kr와 국가자료공동목록시스템 http://www.nl.go.kr/kolisnet에서
이용하실 수 있습니다. CIP제어번호: 2017016194

알마는 아이쿱생협과 더불어 협동조합의 가치를 실천하는 출판사입니다.

종이 표지_비비칼라 185g/㎡ 본문_백상지 120g/㎡ 부록_그린라이트 80g/㎡